청춘의 민낯

이 책에 실린 글들은 대학생들이 SNS 등 온라인 매체에서 자유롭게 써내려간 것이며,
학생들의 생각과 감정을 생생하게 전달하기 위해 일부 맞춤법의 오류를 허용하였음을 밝혀둡니다.

청춘의 민낯

엮은이   대학가 담쟁이
펴낸이   최승구
펴낸곳   세종서적(주)

편집인   박숙정
편집국장   주지현
기획   고려대학교 정보문화연구소
편집   윤혜자 윤효진
디자인   조정윤
마케팅   김형진 신정희
경영지원   홍성우

출판등록   1992년 3월 4일 제4-172호
주소   서울시 광진구 천호대로 132길 15 3층
전화   영업 (02)778-4179, 편집 (02)775-7011
팩스   (02)776-4013
홈페이지   www.sejongbooks.co.kr
블로그   sejongbook.blog.me
페이스북   www.facebook.com/sejongbooks

©고려대학교 정보문화연구소, 2015

초판 1쇄 인쇄 2015년 3월 25일
    1쇄 발행 2015년 3월 30일

ISBN 978-89-8407-477-4 03810

이 도서의 국립중앙도서관 출판시도서목록(CIP)은 서지정보유통지원시스템
홈페이지(http://seoji.nl.go.kr)와 국가자료공동목록시스템(http://www.nl.go.kr/kolisnet)에서
이용하실 수 있습니다.(CIP제어번호: CIP2015008616)

내 몸, 시간의 주인 되지 못하는 슬픔

청. 춘. 의.

민
낯

대학가 담쟁이 엮음

세종
서적

20대의 투명한 민낯에 비친 모두의 자화상

세상이 아무리 찔러대도 청춘은 묵묵부답이다. 청춘은 언제나 말이 없다. 어쩌면 그들은 진작에 모두 죽어 사라졌는지도 모를 노릇이다. 고시원에, 학원가에, 강의실에, 일용직 일자리에 앉아 숨을 죽이고 고개를 조아리며 사는 그들은 이미 청춘이 아닌 다른 무엇인지도 모른다.

그러나… 그들은 멀쩡히 살아 있다. 두 눈을 부릅뜨고 호흡을 가다듬고 있다. 천 근 같은 짐을 어깨에 짊어지고 힘겹게 앞으로 나아가고 있다. 할 말이 없어 말하지 않은 것이 아니다. 누구도 그들의 말을 들으려 하지 않았을 뿐.

학점 관리와 스펙 쌓기는 기본, 출중한 외모에 다양한 경험까지 갖춰야 하는 요즘 대학생들. 불안한 만큼 너도나도 몸뚱이와 시간을 전부 내주고 있기는 한데, 이건 좀 아니다 싶은 마음은 떨쳐지지 않는다.

여기에는 학점 관리와 취업 준비로 바쁜 그들이 나온다. 아무리 바빠도 사랑하는 그대가 생기는 청춘들이 나온다. 행복하게 사랑만 하고 싶은데 등록금과 생활비를 벌어야 하는 그들이 나온다. 그러자니 인생이 대체 뭔가 싶고, 끝없는 경쟁이 언제까지 이어지나 싶고, 대한민국에서 산다는 게 뭔가 싶어진다는… 그런 이야기들이 나온다.

우리가 모은 글들을 함께 읽으며 다들 비슷한 생각을 털어놓았다. '다른 사람의 낙서인데 내 마음속에서 뜯어낸 듯 나와 꼭 닮아 있었다'고. 읽는 내내 부끄럽고 아프고 외면하고 싶었지만 끝까지 눈을 뗄 수 없었다. 결론은 그렇다. 우리가 쓰진 않았지만 이것들은 모두 우리의 이야기다. 이 책을 읽는 다른 청춘들도 우리와 같지 않을까!

대학가 담쟁이

차례

청춘_1round 시간은…
누구에게도 머무르지 않는다

청춘_2round 그래도,
 그럼에도 불구하고…

청춘_3round 바람이 우리를 밀어주겠지…

Time...
does not
stay to anyone...

시간은…
누구에게도 머무르지 않는다

너무 긴장하다 막상 고사장에 가니
'고작 이딴 시험 하나로
인생 흥망이 갈린다'는 생각에 얼척 없음.
그래서 언어영역 시작 10분 전에
혼자 자리에서
눈물을 찔끔찔끔 짰던
기. 억.. 이...

무명씨 인터넷 게시판

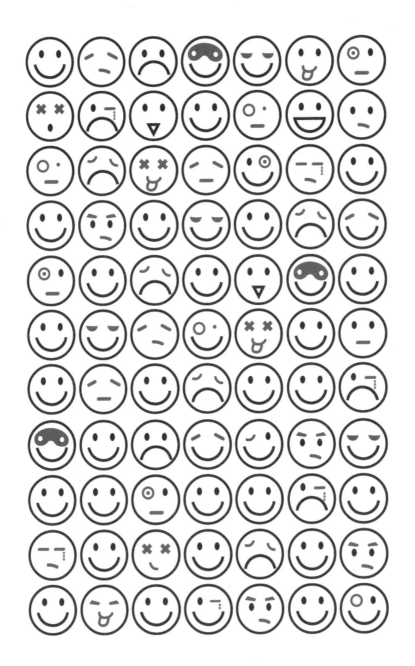

가끔 당신이

가끔 당신이 울적해 있어도
아무도 신경 쓰지 않습니다.

가끔 당신이 눈물을 흘려도
아무도 보지 못합니다.

무명씨 트위터

가끔 당신이 자리를 떠나도
아무도 알아채지 못합니다.

하지만 방귀 한 번만
뀌어보세요. 달라질걸요.

주량 체크

어느 날 술친구랑 주량을 재보자며
소주 한 잔 마실 때마다 메모장에 'ㅋ'를 하나씩 썼다.

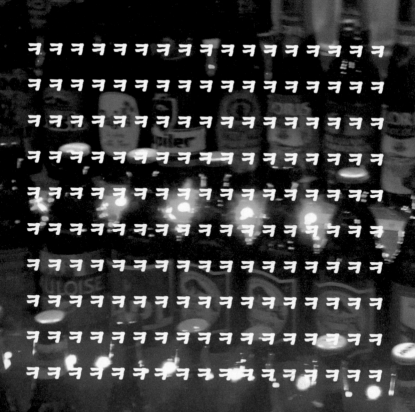

ㅋㅋㅋㅋㅋㅋㅋㅋㅋㅋㅋㅋㅋㅋㅋㅋㅋ
ㅋㅋㅋㅋㅋㅋㅋㅋㅋㅋㅋㅋㅋㅋㅋㅋㅋ
ㅋㅋㅋㅋㅋㅋㅋㅋㅋㅋㅋㅋㅋㅋㅋㅋㅋ
ㅋㅋㅋㅋㅋㅋㅋㅋㅋㅋㅋㅋㅋㅋㅋㅋㅋ
ㅋㅋㅋㅋㅋㅋㅋㅋㅋㅋㅋㅋㅋㅋㅋㅋㅋ
ㅋㅋㅋㅋㅋㅋㅋㅋㅋㅋㅋㅋㅋㅋㅋㅋㅋ
ㅋㅋㅋㅋㅋㅋㅋㅋㅋㅋㅋㅋㅋㅋㅋㅋㅋ
ㅋㅋㅋㅋㅋㅋㅋㅋㅋㅋㅋㅋㅋㅋㅋㅋㅋ
ㅋㅋㅋㅋㅋㅋㅋㅋㅋㅋㅋㅋㅋㅋㅋㅋㅋ
ㅋㅋㅋㅋㅋㅋㅋㅋㅋㅋㅋㅋㅋㅋㅋㅋㅋ

김성빈 페이스북 _ 노어노문학과 09학번

눈을 떠보니 아침이었고 나는 침대에 누워 있었다.
메모장의 'ㅋ'들이 나를 비웃고 있었다.

;멘붕

무명씨 _ 미디어학부 11학번

'오글거린다'라는 말이 생긴 이후로
사람들은 진지한 말을 하지 못하게 되었고,
'멘붕'이라는 말이 생긴 이후로
사람들의 멘탈은 엄청나게 약해졌다.

닳아버린 비망록: 간이역

20대가 되기 전,
그리고 20대가 되고 나서

20대라는 시간에 대해 참 많이 고민했다.

이곳저곳에서 젊음을 찬양하고
잠시라도 가만있으면 안 될 것처럼 강조하는데,

막상 20대를 사는 나는
'20대를 의미 있게 보내는 것'이 참으로 막연하게 느껴졌고
그것은 나를 조급하게 만들었다.

너나… 잘하세요

20대여, 공부에 미쳐라.
20대여, 인테크에 미쳐라.
20대여, 몸값을 올려라.
20대여, 20대여, 20대여.

얄팍한 것 말고는 젊은 세대에게 준 것도 없으면서
어찌 그리 패기와 열정과 순수함을 따지시는지.

무명씨 _ 국어국문학과 12학번

강의의 수치화

어른들은 숫자를 좋아한다. 이번 학기에 들은 강의에
대해 말해주면 어른들은 정작 중요한 것은 물어보지 않
는다. "교수님은 괜찮았니?"라든가, "강의를 듣고 무슨
생각이 들었니?"라든가, "같이 듣는 수강생들은 어땠
니?"라는 말 대신, 이렇게 묻는다. "중간 점수는 몇 점
이니?"라든가, "출석은 빠지지 않고 잘 했니?"라든가,
"과제는 제때제때 냈고?"라든가, "기말고사로 중간고사
를 커버할 수 있겠니?"라고. 그러면 그 강의에 대해 알
게 된다고 생각한다.

어른들에게 이렇게 말해보라. "교수님의 강의력이 너무 좋아 수업에 집중할 수 있었고, 같이 듣는 학생들도 착해서 팀플도 즐겁게 했어요"라고. 그러면 어른들은 그 강의를 도저히 상상할 수 없다. 어른들한테는 이렇게 말해야 한다. "D⁺, 그러니까 1.3점이 나왔어요"라고. 그러면 한심해할 것이다. "아, 재수강해야겠구나!" 하고.

고수님의 성적(成績)희롱

1. 수업이 상대평가여서 저도 안타깝습니다.
2. 마음 같아서는 모든 수강생에게 A 이상을 주고 싶습니다.
3. 성적은 가능한 한 꽉 채워드릴 것입니다.
(보통 한 분의 교수님이 1번부터 3번까지 연이어 말씀하신다.)

고수님의 성적(成績)폭력

3위. C^+~D＝자네에게는 재수강을 추천하는 바이네.
2위. F＝자네는 이 과목을 안 들은 것이나 마찬가지네.
1위. B(재수강 불가능한 성적 중 가장 낮은 성적)＝얼굴도 보기 싫다는 뜻.

원건희 _ 국어국문학과 12학번

고수님의 성적(成績)만행

☆ 악: 예상보다 성적을 너무 낮게 주셨다.
☆ 최악: 성적 정정 기간인데 메일을 안 읽으신다.
☆ 더 최악: 읽고 씹으신다.

연분홍색 학점

"벚꽃의 꽃말은 중간고사란다."

무명씨 페이스북 _ 중어중문학과 06학번

인생(人生)은 살기 어렵다는데
시(C)가 이렇게 쉽게 쓰이는 것은
부끄러운 일이다.

젠장

여자의 필수 조건

1. 몸매

2. 피부

·
·
·

요새는 여자도 돈이 많아야 됨.

"젠장"

좋은 남자 어디 없나?

좋은 여자가 먼저 되어야 하나?

ㅋㅋㅋ

세상에서 가장 짧고 무서운 이야기

인터넷 연결을 찾을 수 없습니다.

무명씨 트위터

식당에서: 여기 Wifi 되나요?

친구 집에서: 여기 Wifi 되나요?

학교에서: 여기 Wifi 되나요?

죽고 난 후 저승에서: 여기 Wifi 되나요?

Wi-Fi

한글로 공부하고 싶다.

사랑해요,
세종대왕님!

ㅅㅔㅈㅗㅇㄷㅐㅇㅘㅇㄴㅣㅁ!

요즘 뇌가 섹시한 남자가 뜨고 있다고 한다.
지금 하고 있는 과제가 섹시함을 반 스푼 정도는
증가시켜줄 거라 믿어본다. ㅅ발 ㅠㅜ

학과를 막론하고 교수들의 공통점

수강생들이 자기 수업만 듣는 줄 안다.

무명씨 _ 미디어학부 12학번

걸어다니는 종합병원

아프니까 팀플이다

진짜 피로회복제는 어디에도 없습니다

TEAMPLE STAY

진단서

위와 같이 진단함

◯◯대학교 의과대학 부속 ◯◯병원

교수님들…
자기들이 수업 한두 개씩만 한다고
학생들도 그러는 줄 아는지….
과제며 팀플이며 생각 없이 개 많이 내준다.

무명씨 _ 미디어학부 13학번

살다 살다 팀플 발표 날, 발표자가 자다가 안 온 건 처음이다.

오주희 페이스북 _ 국어국문학과 11학번

그래도, 일주일 동안

7번의 온라인 회의, 5개의 과제 제출,
4번의 팀플 모임과 발표, 3번의 미션 보고서 제출,
2번의 월례 회의, 리딩과 박람회 홍보 활동,
1번의 리더 교육과 밀린 과제 제출을 하고 나면
출국이다.

이적 신보가 빨리 나왔으면 좋겠다.
미션 회의나 하러 가야지.

낙점

내려갈 때가 언제인가를
분명히 알고 내려가는 학점의
뒷모습은 얼마나 아름다운가.

한 학기
수업과 과제를 인내한
나의 학점은 지고 있다.

분분한 낙점(落點),
장학금이 사라지는 축복에 싸여
지금은 내려갈 때.

무성한 종강을 뒤로하고
곧 다가올 개강을 향하여
나의 학점은 꽃답게 죽는다.

안정현 페이스북 _ 자유전공학부 13학번

내려가자,
섬세한 알파벳을 흔들며
하롱하롱 성적표가 지는 어느 날.

나의 취업, 나의 미래,
학고장에 눈물처럼 떨어지는
내 학점의 슬픈 눈.

전공의 4존 법칙

존나 쉽고 간단하고 당연한 걸
존나 어렵게
존나 영어로
존나 새로운 것처럼 배운다.
내 인간컴 점수는 매우 인간적인 걸로.

무명씨 페이스북 _ 미디어학부 10학번

고시원

옆방 남자들이 "내일 시험인데!!!!"라고 외치며 소주를 깐다.
그리고 소주병 세워놓고 볼링을 친다.
미친 자들….
시끄러워, 이놈들아!

무명씨 _ 미디어학부 10학번

내 졸업 연설

감사합니다.
핫식스, 구글, 소주, 그리고 위키피디아가 없었으면
해내지 못했을 거예요.

공부는 왜 하는가?

1. 장기기야 하기 때문에

2. 배가 고파서

3. 부모님의 권유로

4. 특이하게 보이려고

5. 머리가 아파서

중앙도서관 5층 열람실 책상에서

인문학이 트렌드가 되어버린 사회

나라 자체가 패스트팔로워 전략을 구사하는 제조업으로 먹고살았고, 국민들은 '까라면 까, 외우라면 외워!' 위주로 살았는데, 인문학 인문학 하는 게 우습기도 하다. 고시 문화도 이에 영향을 받지 않았을까 싶다. '수능이 가장 공정한 제도'라는 주장의 이면에는 그 자체가 '이견이 있을 수 없는 고시'라는 특성이 숨어 있다. 결국 문제를 제기하고 또 다른 무언가를 상상하기보다는 현실을 분석하는 데 안주하고 있다. 적어도 지금의 한국에서는 세상을 바꾸고자 하는 인문학은 세상을 효율적으로 관리한다는 상경계를 이길 수 없다. 취업 시장에서도 마찬가지다. (지금의 인문학이 뭘 바꾸고자 하는지도 모르겠다.) '서울대를 가야 하는구나'에서 '이과를 가야 하는구나'에서 '외국 명문대를 가야 하는구나'에서 '집이 잘살아야 하는구나'까지 생각이 꼬리에 꼬리를 물고 이어진다.

아, 공부하기 좋다, 아, 좋아.
2층 나와 보니까
남녀 한 쌍 뭐가 그리 맛있는지
서로를 물어뜯고 있네.
아, 공부하기 좋다,
좋다, 좋아!

"

금지하는 것을 금지한다.

나는 혁명을 생각할 때면 섹스하고 싶은 생각이 든다.

수업 시간에 방귀를 뀌자.

"

중국 역사 수업을 들었다

교수님의 틀린 설명을 학생이 정정해주었다.
등록금이 아깝다는 생각이 들었다.
대학교 1학년 3월의 일이었다.

원건희 _ 국어국문학과 12학번

명강의

유물론을 이해하지 못한 채 유물론을 설명하고
오리엔탈리즘이라는 단어조차 모른 채 오리엔탈리즘을,
심지어 잘못 설명하는 교수를 어찌해야 할까.
그래 놓고 자기 입으로
"뭐니 뭐니 해도 휴강이 세계 최고의 명강의 아니겠냐"
라고 말한다.
당신 말 중에서 가장 공감 가는 말이야!

내가 네 학점 셔틀이니?: 빈대에 대하여

카톡 할 때마다 학교 공부에 관련된 질문만 하는 애들 어때요?
평소에 카톡 할 때는 별말 안 하거나 몇 시간 만에 답장하다가

> 과제 언제까지 제출이었지?
오후 1:30

오후 1:30
> 시험 문제 뭐 나올까?

> 너 그 자료 어디에서 다운받았어?
오후 1:31

오후 1:32
> 시험 몇 시에 치더라?

> 시험 강의실 어디더라?
오후 1:32

이런 거만 질문하고, 이런 거 말하려 할 때는
칼같이 답장하는 애들이요.

무명씨 다음카페 '엽기 혹은 진실'

대학생에게 필요한 건 비주류 의식.
굽어 있는 사람들을 펴주고
고통받는 사람들을 해방시켜주는 비주류 의식.
아빠의 허리디스크와 임플란트,
엄마의 자궁을 걱정하지 않아도 됐다면
난 좀 더 자유롭게 비주류가 될 수 있었을까?

안 돼

돈 벌 궁리와 학업,
그리고 여가를 동시에 잡는다는 게
가능한 일인가!

무명씨 트위터 _ 12학번

인생은 A/S가 안 되나요?

내게는 내 루틴의 오류를
검색할 수 있는 능력은 있지만
그걸 디버깅할 능력은 없어요.

무명씨 트위터 _ 12학번

이 세상의 툴(tool)이 아닌 나를 위한 툴툴거림

내가 선택한 과목, 학점 그리고 활동들이었지만
너무 버거워서 툴툴.
내 주변에는 "다 너의 선택"이라고 말하는
객관적인 소년 소녀들밖에 없어서
페이스북에 툴툴.
사실 섭섭했던 것은,
그냥 내가 너무 당연하게,
늘 도와주고 이끌어주는 사람이라고 여겨지는 것.
"저 친구는 원래 잠도 없고, 원래 부지런하고,
원래 바쁜 것 좋아하고, 잘 도와줘."
사실, 나는
잠도 진짜 많고, 게으른 '집순이'인데.
함께 만들어가는 즐거움을 알면
혼자 만들어가는 외로움 역시 알아야 한다.

즐기기

무명씨 _ 국제학부 12학번

선배들은 흔히 "대학 생활을 즐겨"라고 말한다.
여기저기 행사에 바쁘게 참여하는 게 싫고 아무
의미 없어 보여도 지금 정말 해야 하는 건가? 현재
의 내가 싫은데, 단지 나중에 좋은 경험과 추억으
로 남길 기대하며 해야 하는 건가? 무슨 적금 들어
놓는 것도 아니고….
사람마다 '즐긴다'는 의미가 다를 것 같은데, 사람
들이 대학 생활을 즐기라고 할 때의 '즐긴다'라는
뜻이 은근히 '바쁘게 사람들 만나고 행사 참여하
고 노는 것' 쪽에 포커스가 맞추어져 있는 것 같아
좀 아쉽다.

소중한 기억이여

갈수록 삶은 바빠질 테니
소중한 사람들은 최대한 만날 수 있을 때 만나야 한다.

보고 싶다고 더 말하고 만났을 때 최선을 다하자.

그 기억이 찌든 일상에서 우리를 구원할 테니.

무명씨 페이스북 _ 영어영문학과 08학번

존나 짜증 나네, 영어가 뭐라고 하기 싫어 죽겠네.
미친 망할 잉글리시 세상, 뻐큐!

아, 빡쳐, 존나 못 알아먹겠네.
공부를 하든지 해야지.

공부하러 갑니다.

망할 코쟁이, 서역 오랑캐 놈들!　　　　　신고　댓글

나는야, 흥선대원군.　　　　　　　　　　신고　댓글

저도 위정척사파입니다.　　　　　　　　　신고　댓글

한국어가 세계 공용어였으면 시발

미국 가서 시발

한국어로 말 걸면서 시발

시발.　　　　　　　　　　　　　　　　　신고　댓글

"아, 시바, 우리나라 선조들은 세계 정복 안 하고 뭐한 거야!"
라고 말하면 후대에 나도 세계 정복 안 한 망할 선조가 되겠
지⋯. ㅋ　　　　　　　　　　　　　　　　신고　댓글

공론화하지 못해 약탈당한 내 욕구

그 많고도 많으며 기형적으로 운영되는 '필수과목'들과 대안 없이 운영되는 수많은 '영어 강의'들과 학점이 잘 나오면 더 이상하게 느끼게 되는 수많은 수업들은 대학에 다닐수록 더욱 내게 회의감만 주는 것 같다.

우리끼리 이야기해보면, 우리는 무언가 이상한 것 같다고 느끼고 있다. 그러나 그걸 공론화하지 못한다면, 학교에 대답을 요구하지 않는다면, 학교를 향한 비판이 뒷담화로 끝난다면, 졸업할 때쯤 '왜 대학에 입학했을까?'에 대한 물음에도 결국 기형적인 답을 내고 있을 것 같다.

그리고 학교에 들어오기 전까지는 몰랐던, 기형적인 이름을 가진 학과들, 반쪽짜리면서 온전한 척하는 단과대학들의 겉모습에 대해, 비판하는 사람들이 많다는 것을 느낀다. 하지만 이 부분도 누군가(어떤 단체가) 공론화하지 않는다면 결국 변하지 않을 것 같다는 생각이 든다.

무명씨 페이스북 _ 생명과학부 13학번

이런 상상을 하다 보면, 교수님들이나 학교의 행정을 처리하는 높은 분들은 '이러한 기형적인 상황에 대해 어떤 생각을 가지고 있을까?' 하는 의문을 품게 된다. 작은 동아리라 해도 내부에 눈에 보이는 기형적인 시스템이 있다면 그것을 바꾸기 위해 노력하는데, 거대한 학교를 운영하면서 어떤 생각을 할지 궁금하다. 도대체 무슨 생각을 하는 거지?

결론은 고등학생 때까지 샘솟던 나의 엄청난 학문적 욕구들을, 나는 약탈당했다. 결국 고등학교 때와 달라진 것이 거의 없다. 오히려 더 미궁에 빠졌다.

도서관 '자리 비움 카드' 뒤에 적힌 글

진짜 단 한순간도 집중을 안 하는구나.
어쩌려고 그래?
솔직히 서로가 서로의 눈에 들어온 것일까?
나를 본 걸까, 내가 있는 그곳을 본 걸까?
난 왜 집중을 못 하고 이해력도 딸리고…,
이 경쟁의 소용돌이 너무 버겁다.
어떻게 들어온 대학인데…, 후다닥 끝내고 싶지 않은데….
진득하게 내 인생 중 가장 좋은 기억으로 남기고 싶다.
훗날 내가 큰 불행에 빠져도
오늘을 생각하며 웃을 수 있게 여유로워지고 싶다.

무명씨 페이스북 _ 국어국문학과 11학번

이 순간, 다른 꿈

인도에 온 지도 어느덧 한 달이 지났습니다.

분명 저는 몇 년간 머릿속에 그려왔던 이 꿈길을
두 발로 생생하게 걷고 있는데, 이 와중에 전혀 또 다른 꿈과
목표들이 새롭게 생겨나는 진지한 경험을 하고 있습니다.

욕심이 많은 건가 싶어 비워내려 했으나,
그들은 지금껏 저를 이끌었던 원동력이었고,
앞으로 가야 할 길을 제시해줄 이정표이기에
고이 간직하기로 했습니다.

허황되진 않으나, 결코 소박하지도 않은 꿈들을
항상 지니는 사람이 되어야겠다고
다시 한 번 마음을 다잡았습니다.
지금 이 순간의 반짝이는 눈, 펄떡 뛰는 가슴이면
돌아가서도 꽤나 재미있는 삶을 살 수 있을 것 같네요.

일단 살아 돌아가야….

넌 누구냐?

나는 영화관에서 바지 벨트와 지퍼를 풀고 영화를 본다.

2014 _ 동아리연합축제
'너와 나의 연결고리' 비밀 우체통에서

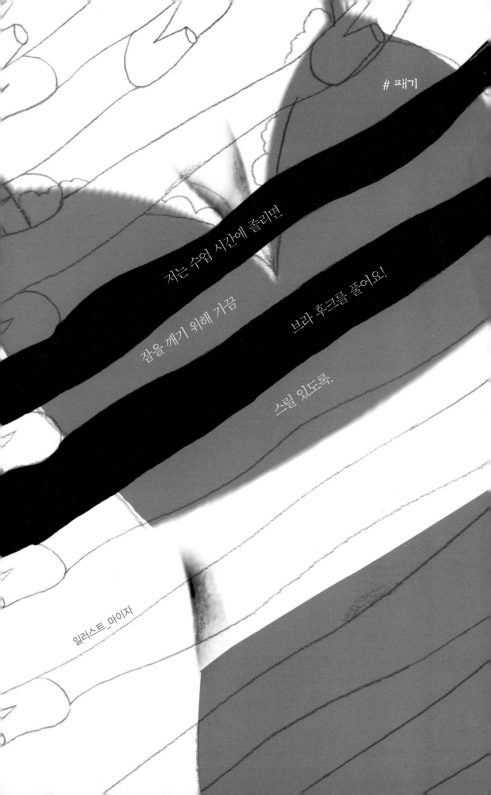

패기

저는 수업 시간에 졸리면

잠을 깨기 위해 가끔

브라 후크를 풀어요!

스릴 있도록.

일러스트_마이자

축제人의 변천 과정

1학년 때는 생각 없이 마시고,
2학년 때는 눈치 보며 마시고,
3학년 때는 웬만하면 안 마시고,
4학년 때는 마실 가서 쉰다.

원건희 _ 국어국문학과 12학번

즐거움의 울타리

좋은 축제는
그만 마시고 싶을 때 그만 마시고
그만 노래하고 싶을 때 그만 노래하고
그만 춤추고 싶을 때 그만 춤추고
집에 가고 싶을 때 집에 갈 수 있는 것이다.

전진영 페이스북 _ 국어국문학과 13학번

사자탈춤 추는 젊은이를 보고 싶은 젊은이

학교 밖에서도 볼 수 있는 뻔한 거 말고
사자탈춤 같은 거 보고 싶다, 사자탈춤.
멋지진 않아도 새롭기 때문에 박수 받고 싶다.

무명씨 _ 국어국문학과 12학번

처방전 / 원격 진료 / 거지에게 꽃 세례를

페이스북에 유난히 아프다는 내용의 글이랑 사진, 특
히 사진을 많이 올리면(예시: 위염, 손가락 상처, 링거, 가벼
운 화상, 감기 몸살, 콜록콜록, 열이 40도, 두통 등) 실제 몸보
단 마음이 아프거나 관심 결핍을 겪는 사람으로 여겨
져 '좋아요'와 댓글 한 줄을 처방받게 된다.

무명씨

별과 인공위성, 그러나 카테고리는 연애

나는 분명 너를 별이라고 생각해왔는데
네가 인공위성이면 어떡하지?

.
.
.

요즘은 인공위성일 거라고 생각해.

홍해인 싸이월드 _ 보건정책관리학부 13학번

공기가 조금 차가워질 때쯤
밤하늘을 올려다보면 오리온자리가 보였다.

나는 오리온자리에 주르륵 나열된 세 개의 별을 좋아했다.
추운 날 밤이면 집에 들어가기 전에
하루도 빼놓지 않고 바라보곤 했다.

'저 별들은 작은 지구의 왁자지껄한 사람들,
그 속에서 매번 지쳐 걸어가는 나를 알까.

어쩌면 타버리며 빛을 내기 바쁜 그들에게
나는 너무 지나치기 쉬운 존재가 아닐까.
아니면 수억 년 전에
이미 폭발해 없어진 그때의 빛이
아직도 우주 공간을 여행해서
내 눈으로 찾아와준 것일까.'

남자 친구랑 키스했어요!!

짝짝짝 ☆☆☆

문대 서관 2층 여자화장실에서

나는 너와 연애하고 싶다

청춘이라기엔 너무 아프다고 생각되는 나의 하루에
네가 단비처럼 찾아오고 햇살처럼 내려준다면
네가 나에게 그런 사람이 되고
난 환히 피운 꽃을 너에게 줄 수 있다면

우리가 그런 사이가 된다면,
우리 연애할까?
나는 너와 그런 연애를 하고 싶다.
나는 그냥 네가 좋고, 너는 그냥 내가 좋은 거야. ★

무명씨 인터넷 게시판

나는 네가 그런 연애를 했으면 좋겠다

무명씨 인터넷 게시판

나는 맨날 변명만 했었지.

돈이 없다고, 시간이 없다고, 여유가 없다고.

그런 나를 보고 너는 말했어.

그래도 연애하는 게 좋을 거라고.

너라면 밤에도 계속 톡 해줄 수 있어.

네가 교양 수업에서 몰랐던 한자나 역사도 내가 알려줄게.

네가 오는 길목에서 너를 향해 계속 인사하고

차가워진 손을 내 주머니에 넣어줄 수도 있지.

다만 나는 못난 나라는 사람을

너에게 갖다 붙일 만큼 뻔뻔하지 못해.

너는 예쁜 연애를 했으면 좋겠어.

나처럼 알바에만 지쳐 너에게 신경 못 써주는 사람보다

더 능력 있고 더 세심한 사람을,

나처럼 늦은 밤 피곤한 얼굴을 하는 사람보다

너를 향해 따뜻한 미소를 짓는 사람을,

네가 만났으면 좋겠어.

나는 네가 그런 연애를 했으면 좋겠다.

너는, 너라도 그랬으면 좋겠어…

순수의 시대

짝사랑하던 애를 4년 만에 봤는데 그 앞에서 울었어요

무명씨 인터넷 게시판

제가 고등학교 3년 내내 짝사랑하던 여자애가 있었는데요. ㅋㅋ
졸업하고 한 번도 못 보다가
오늘 지하철에서 우연히 봤어요. ㅋㅋ
그동안 페이스북이나 단체 톡 방에서
그냥 연락만 하고 지냈는데 ㅋㅋ
졸업하고 4년 만에 처음으로 얼굴을 봤네요. ㅋㅋ
근데 와, 딱 걔가 저한테 인사하는데
뭔가 벅차오르는 느낌이 들었어요.
갑자기 울컥하더라고요. ㅋㅋㅋㅋ
겨우 참으면서 몇 마디 나눴는데 못 참겠는 거예요. ㅋㅋㅋ
눈물이 또르르 흐름. ㅋㅋ
겁나 쪽팔려서 울먹거리는 목소리로
"어우 야, 나 내려야겠다" 이러고 내려버렸네요. ㅋㅋㅋㅋ
와, ㅋㅋㅋ 마지막으로 울어본 게 유격 때 화생방에서였는데 ㅋㅋ
이렇게 어이없이 울다니. ㅋㅋㅋ
카톡으로 반가웠다고 보내왔는데 ㅋㅋㅋㅋ
자꾸 생각나고 쪽팔려서 답장도 안 하고 있네요. ㅋㅋㅋ
어우, 절 병신으로 봤겠죠? ㅋㅋㅋㅋ

사랑이라는 이름의 용기

'사랑은 곧 용기다. 용기 있는 자만이 사랑을 할 수 있다.'
요즘 들어 나는 이 말을 실감하고 있다. 최근에 나는 사랑에
빠졌지만 용기를 내지 못해 사랑을 가질 수 없었다. 보이지
않으면 잊힐 거라 생각했지만, 아직까지도 나는 몇 달 전처럼
여전히, 그 사람을 하루에도 몇 번씩이나 떠올린다.
인정하기 어렵지만 나는 자존심이 세다. 쪽팔린 건 죽어도
싫다. 20살이던 해에서 몇 해가 더 지났지만 '여전히 애처럼
유치한 내가 어른의 사랑을 할 수 있을까' 의문이 들었다.
어른처럼 키가 크고, 어른스러운 말을 하고, 어른스럽게 미래
를 준비하는 그에 비해 작은 내가 너무 초라하게 느껴졌다.
그를 본 마지막 날에도, 나는 하릴없이 그를 스쳐 지나갔다.
어쩌면 그것은 하늘이 주신 마지막 기회일지도 몰랐다. 그럼
에도 나는 알량한 자존심과 이런저런 핑계를 내세우며 내 감
정을 끝까지 외면했다.
'나는 경험이 없고 아는 것도 전혀 없는데, 도대체 어떻게 사
랑을 시작한단 말인가.'
백날 이런 생각으로 인생의 중요한 순간들을 놓치며 살다가
평생 외톨이로 지내는 건 아닌지 모르겠다.
차라리 누군가 날 이끌어준다면 못 이기는 척 순순히 따를

테지만 그런 일은 참으로 일어나지 않는다는 것을 22년간의 삶의 경험으로 미루어 알 수 있다.

아니, 아닐 수도 있다. 몇 년 전 내가 어떤 이의 짝사랑 대상이었을 때 그는 자신이 할 수 있는 범위 내에서 최대한 기회를 잡으려고 노력했던 것 같다. 나는 마음이 없어 그러한 시도를 모두 쳐냈지만.

문제는 내가 '철벽녀'라는 데에 있는 것 같다. 항상 좋아하는 마음을 숨기려 애쓴다. 사실은 상대방이 거의 알아차리고 있는 상황임에도.

내 마음을 들키는 것은 내가 약자가 되는 것이라 생각한다. 나는 약자가 되는 것이 죽기보다 싫은가보다.

어제 에고그램 테스트란 걸 해봤는데, 나는 인생에서 마법을 바라는 타입이란다. 정말로 기적이 또 한 번 일어나야만 나는 다시 한 번 그와 마주칠 수 있을 것이다. 만약 그런 일이 생긴다면 나는 그 상황에서 용기를 낼 수 있을까?

그래서 지금 기도한다.

'하느님, 저에게 다시 한 번만 마법 같은 일이 생기게 해주신다면, 제가 그 상황에서 용기를 발휘할 수 있을 만큼 성숙한 인간이 되어 있게 해주소서….'

생각의 과부하

가끔은 생각이 너무 많은 것도 좋지 않다.

고개를 숙여서 머리를 감으면 글자들이 서로 엉켜서
물 위에 떠다닐 것 같은 기분이 든다.

무명씨 싸이월드 _ 보건정책관리학부 13학번

가끔 우리 사회는 참으로 스펙트럼을 존중해주지 않는다는 생각이 들 때가 있다.

수구꼴통 OR 종북좌빨. 동성애자 OR 이성애자.
남성 OR 여성.
그래서 좋았는데, 싫었는데? 너도 그중 한 명이야?
편을 들지 않는다 = 편이 없다.
답을 내지 않는다 = 답이 없다.

사람들이 얼마나 외롭길래 편이 없으면 못 사는 사회가 된 건지. 인생 모든 영역이 '자기편 없으면 망한다'는 정치도 아니고. 모든 걸 편하고 빠르게 바꿔버리려는 쓸데없는 노력은 그만하고 불확실함을 조금 더 존중해주는 사회가 되었으면 한다.

대한민국 지성인 1

☆ 1학년 1학기: 6.4혁명에 대해 쓰시오.

   – 6월 4일에 일어난 혁명이다.

☆ 1학년 2학기: 이젠 기억도 안 나는 미생물 이름은 (   )이다.

   (   ) 안에 알맞은 말을 쓰시오.

   – 미생물

☆ 2학년 1학기: 한국 교육 정책의 문제점을 쓰시오.

   – 아주 많아서 문제다.

☆ 2학년 2학기: 가면극에 대해 약술하시오.

   – 가면을 쓰고 하는 연희.

이후로 이번 학기에도

☆ 외래어 정책: 외래어를 표기하는 법

☆ 로마자 정책: 로마자로 표기하는 법

'문헌정보학에 대해 쓰시오' 이랬는데
생각이 안 나서
'문헌학과 정보학을 합친 말이다'라고 썼다.
'데이터베이스에 대해 쓰시오'라는 문제에는
그래서
'영어로는 database라고 한다'라고 썼다.

道

노장사상으로 암기식 시험을 보는 것 자체가
말이 안 된다.
지식의 집적에 얽매이지 말라고 했거늘….
'道'
한 글자 쓰고 나오고 싶다.
시발….

ㅠㅠ

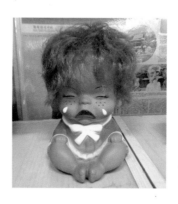

윤영현 페이스북 _ 심리학과 06학번

낮저밤저

밤에 잠이 들면 꿈에서 법인세를 본다.
보긴 봤는데 기억이 하나도 안 난다.
낮과 밤이 똑같다.

무명씨 페이스북 _ 경영학과 09학번

외국어 수업, 넌…

국제어 수업 때의
나의 *끄덕임*은
이해했다는 *끄덕임*이 아니라
알고 싶다는 갈구의
*끄덕임*이렸다. 에휴.

무명씨 페이스북 _ 영어영문학과 08학번

잠깐의 웹서핑도 불허한다

일상이 힘들 때면
가장 도피하기 좋은 방법이
영상 감상과 여행 아닐까.

오늘도
교수님들이 나의 무궁한 발전을 위해 내주신
이러저러한 과제들.
그 본연의 의미를 살리진 못하고
허겁지겁 하려는데

금방 지치고 만다.

그래도,
시간 여유가 없는지라
감히 드라마와 예능을 다운받진 못하고
여행 숙소 검색 사이트를 누벼본다.

근데, 큰 실수였다.
내가 가는 웹 사이트마다 이 사이트 광고가 뜬다. ;;

허쉬대사 해골물

페이스북을 하다가
아침에 잠에서 쉽게 깨는 법을 소개하는 글을 보았다.

머리맡에 초콜릿을 두었다가, 일어나자마자 입에 쏙~ 넣으라고 했다.
초콜릿의 당 덕분에 몸이 살짝 흥분되고 열이 나서
졸음을 물리칠 수 있다는 것이었다.

그래서 지난밤에 냉동실을 뒤졌다.
엄마가 초콜릿을 종류별로 쟁여놓은 적이 있다.
그중에서 가장 강력한 미국 초콜릿 허쉬를 하나 꺼내 베개 옆에 두었다.

마음이 두근거렸다!
'정말 내일 아침은 졸음과의 사투에서 위대한 승리를 거둘 수 있을 것인가!'

잡생각을 가라앉히고 잠을 청했다.
쿨쿨 자고 있는데,
갑자기 눈이 딱 떠졌다.
아직 온 세상은 어두웠다.
'하! 내가 해가 뜨지도 않은 새벽에 일어났군!!'

허쉬 초콜릿을 까서 입속에 욱여넣었다.
'그냥 자고 싶다'란 나약한 마음이 들기도 전에 졸음을 물리치리라!

졸음을 요격하는 나의 허쉬 미사일!

씹을 힘이 없어서 열심히 혓바닥과 입안의 온기로 초콜릿을 녹이고 나니
정말 잠이 깨버렸다!!

'캬! 유레카! 엄청난 발견이다.
허쉬는 내 시험 점수를 20%는 올려주리라.'
뿌듯함에 도취해 있다가
'도대체 내가 몇 시에 일어난 거지?' 하고 스마트폰 액정을 켜봤다.

허억…,

AM 02:00
새벽 2시.

난 다시 잠들기 위해 무척이나 노력해야 했다.

하고 싶은 걸 하면 부모님께 죄송하고
  하고 싶은 걸 안 하면 나한테 미안한

차라리 내적 동기가 아예 없었더라면
외적 동기 때문에라도 공부를 했을 텐데….
물론 다 부질없는 뒤늦은 후회지만
후회라도 안 하면 더 쓰레기 같을 듯하다.
죄책감, 이거다.
우리 세대의 보편적 감정.

무명씨 일기장

내가 여기 손님으로 왔을 때는 돈 안 내고 공연 보는 알바생이 부러웠는데, 알바생이 되고 보니 나는 빈 잔 5개씩을 묘기 부리듯 막 옮기는 게 일인데 사람들 앞에서 저런 멋진 연주를 하면서 돈을 버는 뮤지션들이 부러웠다. 또 뮤지션들은 주말 밤이면 사람들 앞에서 2시간이나 육체노동을 해야 하니 맥주나 마시며 남이 연주해주는 음악을 듣고 있는 관객들이 부러울 것 같다.

홀렁홀렁

홀렁홀렁.
어떠한 망설임 없이 떠나는 것을
충분히 허락하는 착한 단어.

처음 들었을 때
늘어난 회색 티셔츠를 홀렁 벗어던지고
윈도우 창에 펼쳐진 초록 평원 너머로
달려가는 내 자신을 상상했다.

인도 가기 전날 밤, 짐을 챙기면서
'이번 여름방학에는 역마살 껴서 돌아다녀보자'라고 다짐했다.
그야말로 홀렁,
홍콩도 홀렁, 대구도 홀렁, 을왕리도 홀렁,
발길 닿는 대로 마음 가는 대로
홀렁홀렁 떠났다.

물론
시간도 홀렁홀렁 지나버렸다.
그야말로 또 홀렁.
시간에게마저 허락해버린다는 것이 조금 얄밉기는 하지만.

홍해인 싸이월드 _ 보건정책관리학부 13학번

엄마는 나더러 맨날 술 처먹고

밤새 싸돌아댕기니 병이 나는 거라 하시지만

난 아무리 생각해도

학교만큼 건강에 해로운 것이 없는 듯.

바보 같은 혁명가?

사람들은 나에게 '바보 같은 혁명가'라고 한다.
나는 이 이름이 좋다.
모든 것을 바칠 수 있다면
내 모든 것을 버리고 혁명의 길을 떠날 수 있는
'바보 같은 혁명가'가 되고 싶다.

순진한 것도
난 세 에 는
죄악이다.

꿈

내일이 수시 보는 날이란다.
새로운 학생들이 대학 생활에 대한 꿈을 품고
또 구름처럼 몰려들 것이다.
실은 그리 꿈 같지도 않은 꿈을 품고.
그래도 그런 꿈을 가지고 있다는 것 자체가 부럽기도 하다.
대학을 어느 정도 다닌 지금,
나는 그 정도의 꿈도 없기 때문이다.

어느 동아리 낙서장에서

그렇게 먹고 싶던 술을
드디어 어제 먹었다.
기분 좋더라.
조금 더 먹고 나니 화가 나더라.
조금 더 먹고 나니 슬퍼지더라.
조금 더 먹고 나니 술값이 모자라더라.

동아리 'Youth hostel' 낙서장에서

4,000원

내 지갑에서 4,000원 훔쳐간 새끼.
4,000대 후의 자손까지 고통받아라! 아오!
지갑에 4,000원밖에 없는 거 보면 불쌍해서라도 안 훔치겠다.
ㅋㅋㅋㅋㅋ
상도덕도 없는 새끼. 아오!

순서

아빠가
부자

외시

사시

행시

변리사

회계사, 감평사

세무사

주요 은행

비주요 9급 공무원

삼성 등 대기업

벤처기업, 중소기업

…

이거 쓴 새끼

서관 2층 남자화장실에서

된장녀

예전에 엄마와 털보 삼촌의 대화를 들었던 게 생각난다. 원래 새로 된장을 담글 때는 이전 해의 맛있었던 된장을 한 덩이 떠다가 넣는 거랬다. 삼촌이 덧붙인 말.
"종갓집 장맛이 왜 그 집안 전통이겠어. 해마다 바뀌면 그게 전통이여?"
맛있는 된장을 만들어냈던 그 발효균이 그대로 새 재료에서 작용해 같은 맛을 만들어내는 거랬다. 장독도 그래서 빡빡 닦지 않고 그냥 쓰는 거라고 했다.

그때 삼촌이 그런 말을 한 이유는 뭔가 상한 음식을 버리지 말고 그냥 먹자고 주장하기 위해서였다. 엄마는 더럽다고 질색을 하셨고, 나는 가운데서 웃고 있었다.

지금 생각하니 된장에만 해당하는 이야기가 아닌 것 같다. 그런 의미에서 나는 '된장녀'가 되고 싶다. 누군가 퍼가고 싶도록 깊은 맛을 내고 싶다.

부끄러운 감동

첫 학기에 한 교수님께서, "지금 그대를 떠받치는 학교가 언젠가 발목을 잡을 수 있다"는 말씀을 하셨다. 그럴듯하지만 나로선 공감할 수 없는 말이었다. 이미 내게는 이곳의 뒤틀린 엘리트다움을 비웃고 놀려대야 한다는 생각이 있었다. '의식'의 뉘앙스가 아니라 정말 생각이었다. 또는 태도였다.

'안부 자보'들이 내걸렸을 때 크게 유효하다고 생각하지는 않았지만 부끄러웠다.
'오만이든 아니든, 문제에 각별하게 나서는 마음가짐이 어쨌든 나보다는 생산적이지 않나.'
한껏 움츠린 나는 아무것도 알려고 하지 않고 있었다. 다섯 학기에 해당하는 시간을 보내며 고민 안에서 앓기만 하고 움직이지 않은 것이 가장 후회된다. '돌이켜보니 학교가 발목을 잡고 있었다'고 선언하는 것은 감상적이고 또 건방진 서술일 듯하다. 잃은 것보다 얻은 게 많지만 빚은 학교에 지울 것이 아니라 '나'와 '다른 사람들'에게 지울 몫이다.

자취생과 보일러

날씨가 추워져서 요즘 계속 오들오들 떨면서 살아요.
전 부모님께 월세를 받는 대신 생활비를 안 받고 살아서
겨울이 되면 보일러 때문에 내적 갈등이 심해져요. ㅜㅜ
아직 11월인데 더 추워지면 올겨울을 어떻게 버틸까요.
내일 하루 종일 영하라는데 모두 감기 조심하세요!

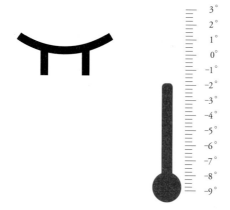

무명씨 네이버카페 '스펙업' _ 일본어과 11학번

쿠폰왕: 깨어 있는 대학생

놀러 다니질 못하니 옷을 살 필요가 없다.
밥 먹을 시간이 부족하니 김밥이나 샌드위치를 사먹는다.
그러다보니 돈을 쓸 데가 없다.
커피에 쓰는 돈이 유일하다.
오늘 커피의 힘을 톡톡히 봤다.
잠을 4시간 자고도 수업 시간에 하나도 안 졸았다.

오전 3시일까, 오후 3시일까: 스물일곱, 진공 상태

빛이 들지 않는
14만 원짜리 고시원 방 안에서
사생활을 보장하지 않는 벽을 뚫고 들어온
타인의 알람에 깨어
낮인지 밤인지도 모른 채….

무명씨 개인 출판물 _ 미디어학부 10학번

궁지의 고시원

씻으면 더 더러워질 것만 같은 샤워실과
먹으면 먹은 것보다 더 많이 토하게 될 것 같은 부엌,
벌레조차 살 수 없어 벌레는 한 마리도 없는 위생적인 방에서,

사생활을 보장하지 않는 벽 덕분에 쓸쓸하지는 않았다.
만원 버스의 스킨십에 최소한의 위로를 받듯.

카메라와 기억의 조각들

근래에 카메라랑 렌즈들을 다 팔아버릴까 많이 고민했다. '이번 학기에는 한 번도 사진 찍으러 간 적도 없으면서 수백만 원씩 하는 장비들을 쟁여두는 게 무슨 소용인가. 겉멋만 들어서 렌즈나 사 모을 줄이나 알았지 구도도 제대로 모르고 노출도 똑바로 못 맞추면서 무슨 DSLR이냐.' 그러다 문득 오늘 우연히 뉴질랜드 사진을 넘기면서 느낀 것. '언젠가 그런 날이 오지 않을까. 화톳불에 쪼그리고 앉아 누군가와 함께 디지털 캔버스를 넘기면서 그날에 내가 느꼈던 심정을 그에게 전해주는 날이 오지 않을까.'

나보다 훨씬 대단한 사람들이 같은 장소에서 찍은 멋진 사진들이 많이 있을 테지만, 오늘 내가 다시 만난 나의 뉴질랜드 사진은 나에게만 전하는 의미와 울림이 있다.

그때 나는 무척 힘들었고 어디론가 떠나지 않으면 미칠 것만 같았다. '돌아오면 살아갈 수는 있을까' 십 원짜리 한 장까지 세가면서 계산해보니 굶어죽지는 않을 것 같았다. 그래서 뒤도 안 돌아보고 크라이스트처치로 떠났다. 그 비 내리던 죽어버린 도시를 보며 참 많은 생각에 빠졌고, 그 뒤로 보름쯤은 지겹게도 고독하고 쓸쓸하고 외로웠다. 나는 내 안으로 너무 깊이 파고들었다. 버스 안에서 잠이 깬 후 바라본 풍경은 늘 비가 내리고 있었다. '나는 왜 여기 있는 걸까'라는 생각을 수백 번도 넘게 했다.

15일간 27봉지의 라면을 먹었다. 중간 기착지에서 휴식 시간에 버스를 놓치기도 했다. 어려운 일들이 많았지만 다시 돌아보니 그 어려움 속에서 내가 만난 건 또 다른 방식의 여유였다. '어차피 망했구나. 산책이나 해볼까.' 남은 일주일을 다 말아먹을지도 모를 실수를 저지른 여행자의 푸념치고는 꽤나 심플했다. 근데 그날이 내 여행의 최고였을지도. 사진 속에 핀 장미들 사이로 보이는 할아버지와 유쾌한 대화를 나눴고, 길에서 우는 연기를 하던 여중생도 만났다. 기대도 안 했고 예정에도 없었기에 오아마루에서의 반나절은 너무도 신비로웠다. '거긴 앨리스의 나라였나? 아, 이래서 내가 사진을 찍었구나.'

그 당시 느꼈던 복잡 미묘한 감정들이 다시 살아나는 걸 보며 그동안 내게 뉴질랜드란 어떤 하나의 복합적인 감정체였지만 사진을 하나하나 복기하면서 그것들이 다시 한 번 살아나서 내게, 순간순간의 감정들을 전해 주는 것을 느낀다. '그래, 좀 못 찍으면 어때? 후작업 같은 거 할 줄 모르면 어때? 기억은 돈으로 살 수 없는 거니 깐.' 그리고 오래된 친구의 멜로디를 생각한다. 그녀는 내가 아는 중국인 중에서 가장 부드러운 영어를 썼다. 우리는 함께 즐거운 시간을 보냈다. 나는 버스에서 핸드폰을 쥐고 잠 들었던 그녀의 손가락이 얼마나 길었는지를 기억한다. 한사코 거절하는 그녀를 호텔까지 데려다주고 인사하던 때, "네 말이 맞았던 것 같아. 좀 위험할 뻔했어"라고 웃으며 인사하던 그때도 생각난다.

참 좋은 사람들을 많이 만났던 그날을 기억해본다. 지나고 나니 좋은 기억뿐이다. 풍경도, 시간도, 사람도….

그때는 그냥 멀리 달아나고 싶은 생각뿐이었는데 지금은 그 때도 괜찮지 않았나 싶다. 다시 여행을 가볼까 싶은 생각이 드는 전혀 방학 같지 않은 방학의 첫날.

무명씨 _ 경영학과 09학번

홍대로 가는 지하철 안, 잔액을 확인하다가

가끔 부모님이 돈을 주려고 한다. 내 자유를 빼앗으려고 한다. 죄책감을 느끼게 하려고 한다. 나는 거절한다. 어머니는 내가 효자라고 한다. 아닌 거 알면서. 아버지는 내가 거절할 수도 없도록, 미미한 돈을 계좌 이체로 넣어놓고는, 내 삶을 침략하려는 조짐을 보인다. 그런 수에는 넘어가지 않는다.

아침마다 뛰기 싫어

에스컬레이터 오른쪽 줄에 서는 삶을 살아야지.

무명씨 _ 교육학과 10학번

무의식의 경계

낭만이나 패기가 적어진다는 것은
대학 잔디밭이 눌린 정도를 보고 알 수 있다.

볕 좋은 날 잔디를 얼마나 깔고 앉았는지가
취업 기간에 내가 남들에게 얼마나 깔릴 것인지를 결정한다는
무의식적인 경계가 우리 마음속에 도사리고 있다.

무명씨 _ 국어국문학과 12학번

외로운 동물들

학창 시절, 교과서에서, 특히 도덕 시간에
많이 들었던 공동체주의!
우리나라는 개인주의 사회가 아닌 공동체주의 사회로
오랜 전통으로부터 그 미풍양속이 전해 내려오고 있다고 배웠다.
공동체주의는 '좋은 것!'이라고 머리에 콱 박혀 있는데,
어느 순간 '개인화', '파편화'란 단어가 득세하더니
그로 인한 각종 사건 사고가 뉴스를 장식한다.
이는, 공동체주의가 좋다고 배우기'만' 한,
뼛속까지 개인주의가 깃든 우리 세대의 이야기리라.
지난주, 다 늙은 복학생 넷이서,
우리가 우리를 통칭하던 '동물농장'을 위한 '고잠(고대 잠바)'을 맞추고는
너무 추워서 입기 힘들게 되자
그 안에 입을 깔깔이를 공동구매할 작당을 했다.
어떻게든 넷이 함께 입고 싶은 거였다.
그 와중에 우리 넷은 많이 외로웠나보다.

민폐 인생

음…, 결국 욕심이었다는 걸 인정할 시기가 왔군.
군필 복학생의 넘치는 패기+귀국의 패기로 이것저것 일을
많이도 벌였더니, 원어 강의는 시험 진도도 못 따라가고, 동
아리에선 학번이 깡패라 빽끼나 치고, 인강은 진도율이 50%
밑으로 떨어지고, 무리하게 교정받은 시력은 아직 안 돌아와
서 책이 잘 안 보이고, 오랜 친구 결혼식에 참석도 못 하고,
친한 친구 외국 가는데 송별회도 못 가고, 일주일에 한 번 만
나는 것도 버거워하는 남 같은 남자 친구가 되고, 여기에서
도 민폐, 저기에서도 민폐. 교수님 뵙기 민망하고, 친구 보기
미안하고, 여자 친구 뵙기 죄송하고, 차마 인강 속 김기동 씨
의 눈조차 똑바로 바라볼 수 없다. 하지만, 그게 뭐가 됐든
내가 노력하고 있으니깐. 가능한 범위에서 최선을 다하고자
욕심내고 있으니깐.

나는 '좋아요'가 '안 좋아요'

'좋아요'는 있고 '싫어요'는 왜 없냐.

좋은 것만 보고 들으려는 자세인가?

착한 척하기 아주 좋은 기능이지.

'양약고구'라고 '좋아요' 말고 '싫어요'도 몇 개씩 받아봐야지,

이 소셜네트워크 소피스트(SNS)들에게 도움이 될 것 같다.

'좋아요'는 위선.

평소에는 별 관심도 없는 감동적인 페이지나 명언,

명사들의 말들에 그저 '좋아요'를 눌러주면 나는 착한 사람.

바넘효과로 가득 찬 쓸데없는 페이지들에 너도 좋고 나도 좋단다.

구구절절한 사랑 이야기들, 좋겠다, 좋겠어!

나쁜 남자는 어쩌고저쩌고. 진정한 사랑은 어쩌고저쩌고.

누가 그러더라. 사랑은 암컷과 수컷의 억측일 뿐이라고.

'좋아요'가 싫다.

사실 내 글에 '좋아요'가 달리면 뭐 그리 싫지만은 않지만

솔직히 댓글이 백만 배 낫다.

짧은 글이지만 서로 소통하는 거니까. 쌍방향이니까.

차라리 '싫어요', '불쌍해요', '고마워요', '슬퍼요' 이런 것도 있으면 몰라.

정말 많은 뜻을 가진 '좋아요'구나.

괜히 불만이 많아지는 밤이다.

이게 다 연애를 못 해서 그래.

무명씨 페이스북 _ 국제학부 08학번

CC 5년 차

2010년 고연전 때, 신입생 여자애에게 고백을 했다.
그때 녀석은 선머슴처럼 허구한 날
티셔츠와 청바지, 운동화 차림에 두툼한 안경을 쓰고 다녔는데,
나는 어째서인지 녀석을 단장시키면
끝내주게 예쁠 것이라고 예상했다.
안경을 벗기고, 화장도 시키고,
저 후줄근한 옷 대신 원피스에 힐이라도 신기면
100% 눈부신 여신님이 될 거라 확신했다.
'녀석은 지금 단지 번데기이고, 나중엔 나비가 되리라.'
그렇게 믿었다.

2014년이 되었다.
올해도 어김없이 우리는 고연전에 갔다.
고대는 5전 전승을 했다.
기뻐 날뛰는 내 옆의 이 거대한 덩어리를 보며
나는 몰래 한숨을 내쉬었다.
나비는 개뿔.
지난 5년간 녀석은 더욱 커다란 무언가의 번데기가 되었다.
에휴.
내년에도 애랑 올 생각을 하니 눈앞이 깜깜하다….

무명씨 _ 미디어학부 09학번

졸업을 위해서도 학교를 다녀야 했다. 강의와 과제와 팀플에 참여하는 과정을 통해 많은 유익을 얻었다. 이 과정도 충분히 의미 있다.

그러나 여전히, 학생의 자발적인 영역을 놓치고 싶지 않다. 여전히 나는 동아리의 최전선에서 뛰고 싶다. 지금도 더 뛰지 못해 아쉽다.

항상 스스로 부족하다고 느끼지만, 종교분과장을 맡은 것도 정말 감사한 일이다. 처음으로 대표자 직분을 맡았다. '내가 배운 가치와 삶이 호소력을 발휘할 수 있는 자리구나' 싶다. 안으로든 밖으로든.

다만, 이것들을 동시에 감당하기란 어려운 것 같다. 조금 더 부지런해야 하고 조금 더 체력이 좋아야 하는 것 같다. 그런 면에서 나에게는 고투다. 이번 학기는 바쁘고 여유가 없다. 쉽게 지치고 쉽게 날카로워진다. 사랑하기 위해 시작했는데, 시간이 갈수록 사랑이 바닥나는 것을 본다. 나로 인해 힘들어했던 사람들에게 심심한 사과와 위로의 말을 전한다.

부족한 사람이 능력보다 큰 짐을 지고 가다보니 떨어뜨리는 것이 많다.

소녀 엄마

엄마가 일주일째 입원해 계신다.
링거를 맞지 않으실 때도
늘 주삿바늘을 손등에 꽂아두길래
왜 그러시냐고 여쭤봤더니
매번 주삿바늘 꽂는 게 무서워서 뽑지 않는 거라 하셨다.
화살촉도 두려워하지 않는 아마존의 여전사인 줄 알고 자랐는데,
엄마는 주삿바늘이 무서운 소녀셨다.

무명씨 페이스북 _ 경영학과 09학번

설 연휴

1. 이전엔 집이 깨끗했는데 어머니가 일을 그만둔 뒤로는
뭘 어질러도 그대로인 때가 많아졌다.
그게 너무 좋을 때도 있고, 책임감으로 다가올 때도 있다.

2. 아버지하고 지하철을 타고 가다 나도 모르게
(24살 또래들에게 말하듯 58살 아버지께)
"왜 그렇게 바꾸기 힘든지 알아요? 바뀔 필요가 없으니까"라고 말했다.

무명씨 네이버블로그 _ 미디어학부 10학번

오만과 편견

'빡센 발표 하나 끝내보니 세상의 모든 고난과 역경은
다 이겨낼 수 있을 것만 같다'는
큰 똥 싸보니까 애 잘 낳을 수 있을 것 같다?

전진영 페이스북 _ 국어국문학과 13학번

남겨질 이 순간들을

사회생활을 하고 계신 선배님들 대다수가 하는 말이 있다.
"대학생 때가 가장 재밌다. 그립다."
누군가에게는 재밌고 그리운 시절이자
가장 아름다운 청춘이 깃든
시기를 살고 있는 나는, 그리고 우리는,
과연 이 대학 생활을 잘 누리고 있는 것일까?
물어보고 싶다.

유정민 _ 국어국문학과 12학번

내가 쓴 돈

놀이 삼아 2013년 하반기 결산을 해보았다. 출입 금액
의 규모가 크지 않으니 미리 알 수 없는 플러스 마이너
스(7월의 치과 치료, 9월의 추석, 11월의 안경)에 너무 크게
휘둘린다. 지출 구조를 획기적으로 바꿀 수도 없고 여
기저기서 조금씩 아끼는 방법밖엔 없는 듯하다. 다음
상반기 목표는 지출 100만 원.

1. 누군가와 카페에 갈 때가 아니면
마실거리에 돈을 쓰지 않는다.

2. 《씨네21》은 눈길을 끄는 헤드라인이 있을 때만 산다.

3. 가까운 곳은 걸어간다.

4. 적금을 8만 원에서 11만 원으로 올린다.

But...
nevertheless

그래도,

그럼에도 불구하고…

우리는 당신이 밉다

'나도 다 겪어봤다'며 십수 년 전의 빛바랜 경험을
어제 겪은 생생한 기억처럼 생각하는,
착각 속에 사는 당신이 밉다.

"영화 보러 간다"고 하면 "그럴 시간이 있느냐?"고 물어보면서,
또 한편으로는 "20대는 문화를 즐길 줄 모른다"고 말하는
모순적인 당신이 밉다.

"역사와 민족에 대해 논해야 깨어 있는 지성인"이라고 말하면서
등록금과 취업에 대해 논하면 "의식 없는 껍데기"라고 욕하는
오만한 당신이 밉다.

여기, 무슨 일이 벌어진 것이냐고?

여기, 어른들의 착각과 모순과 오만이 널브러져 있다.

무명씨 _ 국어국문학과 12학번

주인의식

사장은 가끔 우리 알바생들한테 '주인의식'을 갖고 일하라고 말한다. 하지만 이러나저러나 최저 시급 5,210원을 받는 우리에게 '주인의식'이 생길 리 없다. 그런데 이 주인의식이라는 게 참 신기하다. 똑같이 걸레질을 해도 사장이 하면 가게 전체가 반짝반짝 빛이 난다. 아무리 그래도 최저 시급 주면서 '내 가게인 것처럼 일하라'는 것은 도둑놈 심보 아닌가? '주인의식'이라는 허울 좋은 말을 내세워 주는 돈 이상으로 노동력을 착취하려는 것 같다.

요즘 20대들은 "저만 알고 사회며 정치며 주변에 관심이 없다"고 욕을 먹는다. 이것도 '주인의식의 부재'와 관련이 있는 게 아닌가 싶다. 우리 20대는 이 사회에서 뭐든 마음대로 해

무명씨 _ 미디어학부 13학번

본 적이 없다. 그토록 부르짖던 '반값 등록금'은 결국 물 건너 갔고, 우리가 은퇴할 때쯤이면 국민연금도 다 떨어진다고 한다. 그나마도 취업을 해야 말이지. 요즘 취업은 '하늘의 별 따기'라는데, 국가도 사회도 아무런 대책이 없다. 이렇게 자기들 마음대로 되는 게 하나도 없는 20대가 사회에서 '주인의식'을 가질 리 만무하다.

(그런 의미에서 2013년에 '안녕들하십니까'가 나왔을 때에는 괜스레 마음이 뛰었다. 드디어 우리도 뭔가 하는가 싶어서…. 하지만 그마저도 아쉬운 한때의 열풍으로 지나가고 말았다.)

주인의식을 회복하려면 망하든 흥하든 우리 뜻대로 뭐라도 해봐야지…. 그렇지 않으면 평생 시급 5,210원 받으며 이리저리 요령 피우며 살게 되겠지. 아, 두렵다.

자각(自覺)

과외를 하면서 나는 전보다 훨씬 더 많은 돈을 가질 수 있었다.
그런데 오히려 전보다 더 많이 불행해졌다.
돈이 돈을 버는 속도를,
내 노동으로는 그런 속도를
따라갈 수 없다는 사실을 처음으로 실감했기 때문에.

춥고 먼 길을 가서 부지런히 준비한 내용을 쏟아놓고 나서야
내 손에 쥐어지는 돈.
이것이 마음에 궁극적인 안심을 주지 못하는 까닭은
이런 노동을 부단히 반복해도
방 두 칸, 아이 둘의 '평범한' 삶을 누릴 수 있으리라는
확신이 들지 않기 때문에.

무명씨 _ 국어국문학과 12학번

남의 지갑에서 돈 빼내는 일

예전에 초등학생 '과외순이'가
시간 없어서 오늘은 수업 못 받는다며
"**꺼지세요**" 한 적이 있었는데,
너무 어린애이고 더군다나 여자애라 그냥 나왔다.
그리고 그날 잠 하나도 못 잤음. ㅎㅎ

과외 수업을 꿀알바라고 생각했는데,
아니더라.
세상에 꿀알바가 어디 있냐.

요즘 조그마한 언론사에서 영상 취재를 하는 인턴으로 일하고 있다. 갑작스레 주말 근무가 잡혔다. 카메라를 잡은 지 얼마 되지 않아 한 소리 듣는다.

"야! 이 새끼야! 이 새끼야, 그런 태도 보여줄 거면 때려치워라!"

새끼~ 새끼~. 난 우리 아버지 새낀데. 껄껄.

며칠 전 아버지께서 병원 진료차 서울에 오셨다. 우연히 보게 된 아버지의 폰 속에 저장된 내 이름은 '멋진 아들'이었다. 멋진 아들에서 못난 새끼로 추락하는 건 정말로 순식간이다.

프랑스의 불친절

파리 사람들은 참 친절한데 일할 때만 불친절하다.
일할 때 자기가 편하기 위해, 자기의 시간을 아끼기 위해,
고객의 시간과 기분을 마음껏 본인의 자원으로 쓴다.

예를 들어 은행 언니는
2주에 한 번씩 문서의 결격 사유를 하나씩 찾아낸다.
(한 번에, 한꺼번에 찾을 수도 있었을 텐데)
2달이 지나도록 은행 계좌를 못 열고 있다.
이메일은 매번 읽고 씹기 때문에
부족한 서류를 제출하려면 직접 가야 한다.
직접 가서 줄을 서고 다음 날에 만날 약속을 잡은 뒤,
약속 시간에 다시 가서 서류 한 장을 건네고 온다.

화가 나기도 하고,
'바깥에서는 참 친절한 사람들이
일터에서는 왜 이렇게 힘들게 구는가' 싶어
속상하기도 하다.
그런데 '오히려 이러한 생활 방식이 한국의 뿌리 깊은
'갑과 을' 문제를 해결할 수 있지 않을까' 싶기도 하다.

한국에서는 돈을 받으려면 '일단 더러워도 참고 보자'며
돈을 주는 사람에게 내 사생활과 시간을 모두 바친다.
그리고 돈을 쓸 때가 돼서야 스트레스를 풀며
'손님은 왕이다'라는 캐치프레이즈를 내걸고
일련의 갑 행세를 한다.

사실 대부분의 사람들이 돈 쓰는 시간보다 일하는 시간이
인생의 훨씬 많은 부분을 차지하기 때문에
휴식 시간에 여유롭게 사람들을 대하고
일하는 시간에 삶의 주인이 되는 것이
(고객의 시간과 감정을 조금 거스를지라도)
전 국가적으로 삶의 질을 향상시키는 방법이 아닐까 싶다.
좋아하는 일을 찾아 즐기며 일하라고들 하지만
프로 정신이라는 이름으로 '열정 페이'에 혹사당하고
사생활 반납하고 한없이 을로 전락하는 현실에서,
프랑스처럼 비록 매우 불편할지언정
(수식어에 감정이 들어가 있다)
조금 더 여유롭고 내 삶의 주인이 되는 사회에서
어느 정도 배울 점을 찾게 된다.

감정 노동: 눈치 보기

6시간 동안 서서 일하고
퇴근해서 14층 계단을 꾸역꾸역 올라 집에 왔다.
(마침 엘리베이터 교체 중 ㅎ)
침대에 누웠더니 밤늦은 시간인데도 잠이 잘 오지 않았다.
손님들도 예의 바르고 동갑인 알바생도 착하고,
누가 나를 무시하는 것도 아닌데,
누구 비위를 상하게 할까봐 내내 눈치를 보게 된다.
참 힘든 일이다.
'이렇게 하면 매니저가 보기에 일을 대충하는 것처럼 보이지 않을까?
주문은 처음이라 이상하게 받은 건 아닌가?
다른 알바생이 이것저것 내 몫까지 하느라
완전 짜증이 나 있는 건 아닐까?
내가 뭘 또 빼먹진 않았나?'
내내 눈치 보는 시간들이 이어진다.
게다가 오래 일한 언니가 있는데
손님이 많을 때마다 예민해져서 나 들으라는 듯이
"누가 여기에 펜 놨어!" "아, 쟁반 겹쳐놓지 말라니까, 진짜!" 하면서
짜증을 낸다.
내가 서툴러서 그런 거라 누구에게 하소연할 수도 없고…,
괜히 서러운 마음에 눈물을 글썽거리다가 잤다.

무명씨 페이스북 _ 역사교육학과 13학번

취업이나 미래에 대한 가장 큰 걱정은

애초의 지향점과 너무 동떨어진 곳에 서 있는

10년 후의 나를 보게 되는 것.

첫 직장이(직업군이란 표현이 나을 수도)

인생 내내 가는 경우가 많다는데….

예를 들면 언론 고시 준비하다 잠깐 돈이 필요해서

학원 알바 → 학원 강사 → 언론 ㅂㅂ가 되는 것.

이렇게 될까봐 두렵다.

문과대학 서관 2층 여자화장실에서

1. 장강명《표백》

2. 알랭 드 보통《여행의 기술》

3. 무라카미 하루키《세계의 끝과 하드보일드 원더랜드》

4. 김연수《사랑이라니 선영아》

5. 안수찬《뉴스가 지겨운 기자(내러티브 탐사보도로 세상을 만나다)》

......

이런 건 사실 허세용입니다.

진짜는 이거….

6. 맥심 편집부《맥심》 2014년 9월호

7. 시사상식 편집부《SPA 일반상식》

8. 이현택 외《언론고시, 하우 투 패스》

9. 시사상식 편집부《최신시사상식 168집》

10. 안수찬《기자, 그 매력적인 이름을 갖다
  (한 권으로 끝내는 언론사 입사)》

삽질

교수님들은
마치 이 수업이 우리가 듣는 단 하나의 수업인 것처럼
과제를 내신다.
그리고 면접관들은
마치 이 수업 점수가 학교'만' 열심히 다닌 증거인 듯,
그저 훑고 지나간다.
"혹시 더 하고 싶은 말이 없냐"는 그들의 질문에
이렇게 답하고 싶다.

"땅 파봐라. A$^+$이 나오나."

무명씨 _ 미디어학부 11학번

1. 자기는 별로 준비 안 했다고 편하게 보자면서
면접장에만 들어서면 웅변가가 되는 사람
2. 누구나 알 만한 질문의 답변을 번개같이 가로채는 사람
3. 자기 혼자 '원맨쇼' 해놓고
끝난 다음에 아쉽다며 또 웅변하는 사람
4. 토론할 때 바락바락 우기는 사람
5. 내 답변에 살 붙여서 자기 답변 살리는 사람
6. 그냥 이상한 사람
7. 나 안 뽑아주는 면접관
8. 제대로 말도 못한 나

요즘 젊은이

대기업 다니는 동아리 20년 선배와 술자리에서 나눈 썰

50살 정도 되는 동아리 선배가 술을 한 잔 들이키고는 입을 뗐다.

"요즘 젊은이들은 참 하고 싶은 대로 다 하면서 열정이 없어. 내가 젊었을 때만 해도 하고 싶은 게 있어도 부모가 말려, 선생이 말려, 이래저래 여기저기서 말리니 못 했는데 말이야. 요즘 젊은이들은 부모들이 전폭적으로 지원해주는데도 열정이 없단 말이지. 그리고 부모가 뭘 지원해준다고 해야 마지못해서 하지, 먼저 말을 안 꺼내면 그것도 안 해요."

맞는 말 같아서 고개를 끄덕이며 들었다. 부모님이 살아오신 시대와 지금 내가 사는 시대는 다르다. 우리 아버지께서도 말씀하신 대로, 명절 때 돼지비계 한 덩어리 얻어먹으려고 가마솥 앞에 줄 서던 시대랑은 완전히 다른 게 확실하다. 그런데도 듣다보니, 뭔가 속이 상한다. 잠시 생각을 정리하고 선배한테 말했다.

"선배님, 저희는 열정이 없는 게 아니고요, 뭘 해야 할지 몰라서 못 하는 거예요. 뭘 할지도 모르는데 열정이고 뭐고 있겠습니까? 정말 뭐라도 열심히 하고 싶어요. 우리도 뭔가 괜찮은 것을 하고 싶은데, 사실은 모르는 게 제일 문제인 거예요."

내 말을 듣고 선배는 머뭇거린다. 그러다가 다시 술 한 잔을 들이 킨다.

"그래도 이 사람아, 부모가 해외 보내줘, 어학연수 보내줘, 학원 보내줘, 등록금 다 대줘. 그런데 자기가 알아서 뭘 하겠다 고도 안 해. 뭘 해도 진득하게 안 해. 참 배부른 세대지."

다른 신입 후배들과 어린 후배들은 멀뚱히 그 선배를 바라본다. 자기들도 분명히 하고 싶은 말이 있는 게다. 그런데 대화는 진행 되지 않는다. 반문해도 다시 쳇바퀴 돌 듯 막혀 있는 부분을 벗 어나지 못하고 같은 말만 되풀이한다.

"내가 지금 태어났어봐, 부모 지원 빵빵해, 사달라는 거 다 사줘, 배우고 싶다면 학원 보내줘, 해외 연수 보내줘. 기가 막 힌 인생이지."

아무리 생각해도 뭔가 시원치 않다. 중심이 되는 내용은 없고 쭉 정이만 서로 내보인다. 답답한 마음에 선배한테 소주 한 잔을 건 네며 조심스럽게 입을 떼본다.

"그럼 선배님, 20년 전에 뭘 하고 싶으셨어요? 부모님이 전폭적으로 지원해준다면 뭘 하고 싶으셨어요?"

"음, 난 말이야. 그, 20년 전에, 음…, 뭐…, 하고 싶은 것들이…. 뭐…, 그게 뭐…, 부모님이 뭘 하도록 하지 못해서 말이지…."

그리고 그 선배와의 대화는 끝났다.

선배의 말대로라면 현재 우리 세대의 문제는 열정이 없다는 것이다. 하지만 선배가 젊었던 그 시절과 현재는 다르다. 그 시절은 대학만 졸업하면 취업이라는 게 어렵지 않은 시대였지 않나. 우리에게는 보호 장치가 없다. 20살까지는 좋은 대학 가는 게 인생의 전부인 줄 알고 살아왔다가, 갑자기 '열정 있는 삶, 내가 주인인 삶, 진정한 행복을 추구하는 삶'으로 잔뜩 꾸민 기성세대들의 기반에 던져져 무차별적으로 상품화되고, 그들에게 선택되고 판매된다. 이게 우리의 상황인데, 열정이라니, 진정한 삶이라니. 요즘 〈미생〉이라는 드라마가 인기다. 묵묵히 일에 올인하는 오 과장, 판을 읽고 자신만의 방식으로 헤쳐나가는 장그래, 회사의 이익을 위해서 냉혹하게 밀어붙이는 최 전무, 똑똑하고 잘나가는 안영이 등 모두가 미생이다. 아무리 날고 기어도, 팀 프로젝트에서 큰 성과를 보여도, 서울대를 나와도, 일반직이라도, 계약

직이라도, 거기 나오는 모두가 '미생'이다. 이렇게 모두가 '미생'이면서 왜 그렇게 멋쟁이인 양 위세를 부리는지 모르겠다. 그냥, 어차피 해줄 수 있는 게 없다면, 진심 어린 위로만 해주면 된다. 일말의 책임감이라도 느끼고 사회가 더 나은 방향으로 나아갈 수 있도록 행동했으면 한다.

미안해, 솔직하지 못한 내가

요즘 배배 꼬인 건 도무지 풀리지 않음.
어째서인지 솔직함은 어리광이 되고,
약점이 되고, 험담의 대상이 된다.
나를 가장 나답지 않은 말로 풀어낸 자기소개서로
직장에 들어가고, 다들 이렇게 산다며

출근 지하철에 몸을 싣는다.

옐니 네이버블로그 _ 미디어학부 11학번

면접장을 나서며

우리 사회에는 과연 '생명 경시 풍조'가 만연해 있는 것일까? 참사가 일어날 때마다 온 국민이 슬픔에 잠기고 수많은 자원봉사자가 나타나는 사회에 생명 경시 풍조가 있다는 것은 어딘가 어울리지 않아 보인다. 문제는 지난 100년간 굳어진 한국 사회의 성과 중심적 사고에서 비롯된다. 국가 원수부터 장삼이사까지 '성장'만이 살길이라 생각했고, 이를 어떻게 해서든 보여줘야 한다는 강박에 사로잡혀 있었다. 이러니 '안전'은 뒷전으로 밀려날 수밖에 없다. 안전은 아무런 일도 발생하지 않아야 성과가 되는, 가시적 성과물을 내놓지 않는 가치이기 때문이다. 결국 뭔가 보이는 성과에서만 효용을 얻는 사회에서 안전이 가져오는 효용은 크게 부각되지 않을 수밖에 없다.

뭐, 이런 내용을 말하려고 했지만 "어버버버버버버버버 버버버버버 어버버법뽑버법법 안전 지켜주세용!! 버버버어버버" 하다 나옴. bb

무명씨 페이스북 _ 미디어학부 08학번

개 짖는 소리 좀 안 나게 해랏!!!

본인들이 만든 경향에 본인들 입맛에 맞는 통계를 가져다 붙이고
기사를 써서 경향을 기정사실화하고…

하루에 하나씩, 네이버 메인 기사에서 문과대의 위기를 논한다.
볼 때마다 지겨운 기분이 드는 한편,
나도 모르게 미래가 걱정되고 자존심이 상한다.
나도 모르게 경향에 휩쓸리는 것 같다.
해결책 없는 남 걱정이 세상에서 제일 속없는 짓인 듯해
제목만 읽고 넘기는데도, 볼 때마다 화가 난다.
"기자분들, 그런 기사 쓰시면 살림살이 좀 나아지시나요?
홈플러스우유 말고 비싼 서울우유 많이 사드시길. ㅎ.ㅎ"

박은진 _ 국어국문학과 13학번

평화주의자

다른 사람들과 경쟁하며
살고 싶지 않다.

다른 사람들을 깔아뭉개면서
성공하고 싶지 않다.

이 말을 바깥으로 내뱉는 순간,
사람들은
자기 합리화라며
한심하다며
쯧쯧거리겠지.

무명씨 _ 미디어학부 12학번

시급 6천 원

돈이 필요했다.
엄마한테 손 벌릴 수가 없었다.
과외는 이런저런 일 때문에 구할 수가 없었다.
단기 알바를 찾기 위해 엠티 갔다 오자마자 알바천국을 뒤졌다.
대치동까지 원정 가서 땡볕에서 3시간 동안 전단지를 돌렸다.
시급 6천 원.
공부 열심히 해야지.
엄마, 미안. 엉엉. ㅠ ㅠ

무명씨 페이스북 _ 미디어학부 14학번

울음방

무슨 요일인지, 며칠인지, 뭘 먹는지, 뭘 하는지, 몸이 얼마나 망가지는지 모르게 살다보니 가슴에 알게 모르게 하나둘 쌓이더라.

눈물이 난다. 너무 솔직한 건 안 좋은 거라 하던데, 영화 한 편 보고 나니 또 조절이 안 된다. 난 참 욕심은 많은데 능력이 부족하고 무모하다는 걸, 운동이나 팀플 과제를 하며 인간관계 속에서 깨닫는다.

요즘 나는 감동주고 감동받는 일이 참 대단한 거라 생각하는데, 감동줄 능력은 없고 감동받는 건 지금 상황에선 사치다. 진짜 기계처럼 살아야 할 시기에 쓸데없는 욕심이 솟고, 그걸 억제하느라 이리저리 아무것도 못한 채 방황한다. 일도 안 되고 즐기지도 못하고. 사실 생각해보면 내 욕심이 그렇게 큰 것도 아닌데…. 소소하게 웃으며 살고 싶은데…. 아마 내 업인가보다. 이렇게 공개적으로 글을 쓰니 또 업이 쌓이지.

울음방이 있었으면 좋겠다. 피시방이나 만화방 말고 시원하게 울 수 있는 방. 쪽팔리고 서러워서 울지도 못하겠다. 니들 앞에서 울면 더 울고 싶어져서 비참해질까봐, 그냥….

박성진 페이스북

귀엽고 깜찍하게 써리원!

알바생한테 함부로 대하지 마라.

내가 아이스크림 푸고 있으니까 만만해 보이나 본데

지금 이 순간만큼은 아이스크림 처먹으러 온 너보다
내가 더 열심히 살고 있다.

무명씨 _ 미디어학부 13학번

나비의 여행

꿀을 찾아 헤매는 나비.
그러다 찾은 '꿀강의'라는 단지에
풍덩 다이빙!

꿀을 맛있게, 냠냠냠.

꿀을 다 먹은 뒤에는
남는 것도 없고
허망하기만 하구나!

무명씨 _ 미디어학부 12학번

내가 마시고 싶은 카페모카는
한 잔에 5,500원,
내 아르바이트 시급은 5,210원.
한 잔의 커피와
한 시간의 노동을
맞바꿔야 하다니.
분하다.
하지만 조용히 카페를 나가야지.

자네는 왜 그렇게 얼굴이 어둡나?

수업 시간에 들었던 얘긴데,
8X학번 교수의 일 년 선배는
모 차(tea) 만드는 대기업에 지원했는데
학사경고 두 번을 받은데다
간경화까지 걸려 있는 상태였다고 한다.
(술을 너무 많이 마셔서)
그런데 병원에 입원해 있으면서 합격 통보를 받았다고 한다.
왜냐면 그 기업의 회장이 대학 선배였기 때문이란다.
면접 때 간경화 때문에 시커멓고 야윈 얼굴로 가서
동어반복만 했다고 한다.
이 무슨 만화 같은 얘긴가.
지금은 그 사람이 모 대기업 상무라는데.
설마 구라를 깠겠나.

그랬던 것들이
압박 면접이니 뭐니 한답시고
면접관으로 앉아서 하는 말.
"자네는 왜 그렇게 얼굴이 어둡나?"

윤영현 페이스북 _ 국어국문학과 09학번

인생 전원 스위치

오늘도 탈락 소식과 함께 하루를 시작한다.
하고 싶은 것도, 할 것도 없다.
인생 전원도 끄고 싶다.

무명씨 고파스

상·당·히· 다른 조급함

일찍 결혼한 친구와 오랜만에 연락이 닿았는데,
활짝 웃는 아기 사진을 보내준다.

각종 취직 소식을 듣고는 생겼던 조급함과는
상·당·히· 다른 조급함이 밀려온다.

각종 육아 관찰 예능 때문만은 아니렀다!

쉴 권리

그냥 아무 생각 없이 쉬고 싶다.

쉬고 싶어 휴학한다고 말하면

다들 "휴학하면 뭐 할 거니?"
"계획은 있니?"
"그냥 쉬면 시간 낭비야"란다.

내 인생
내가 살겠다는데.

나에게도 쉴 권리가 있다.

무명씨 _ 미디어학부 12학번

"예전에는 단칸방에서 가난한 살림살이로 시작했으니
너희도 그렇게 살아봐라. 요즘 애들은 너무 속물이야."
"20만 원 줄 테니 애 낳아라! 장모가 키워줄 것 아니냐."

예전에는 학점이 2점대였어도 대기업에 턱턱 합격했으니
그렇게들 생각하시겠죠.
"예전 애들은 너무 쉽게 살았어."
기분이 어떠신가요?
20만 원 드릴 테니 손주 보실래요?
부인이 키워줄 것 아닙니까.

(20대를 대상으로 한 어느 정치인의 강연 기사를 보고)

무명씨 _ 국어국문학과 12학번

걱정병

무언가를 시도해보기도 전에
항상 걱정부터 하는
'걱정병'이 생겼다.

'잘못되면 어쩌지.'
'실패하면 어쩌지.'

'병원에 가면 치료해줄까.'
'약국에 가면 약이 있을까.'

무명씨 _ 미디어학부 12학번

아프니까 청춘이라뇨.

아픈 적도 없으셨잖아요….

무명씨 _ 국어국문학과 12학번

고쳐 쓰는 가격표

날씨가 확실히 추워졌다. 동생 말로는 집 앞 노점상에서 원래 5,900원 하던 수면바지가 4,900원이 되더니, 오늘 드디어 3,900원이 되었다고 했다. 지금이 살 기회라고. ㅋㅋ 그러나 나는… 5,900원에서 4,900원으로, 4,900원에서 3,900원으로 자꾸만 가격표를 고쳐 써보는 그 사람의 손이 생각나서, 자소서를 고쳐 쓰다 눈물이 핑 돌았다.

무명씨 _ 미디어학부 10학번

2,400···
하하

막
·
·
·
막
·
·
·
하
·
·
·
다.

무명씨 네이버블로그 _ 미디어학부 09학번

'공무원 연금 삭감.'
고시를 준비하던 친구들이 광장으로 나갔다.
사회 초년생 공무원인 언니 또한 광장으로 나갔다.

가끔은
화려한 논개가 되어
50~60대를 끌어안고
자결하고 싶다는 생각을 한다.

한반도 인류의 미래는?
〈인터스텔라〉 뺨치는 마무리가 되겠네.
킬킬대며
고시원으로 향한다.

엄마의 투자

진동이 울려서 핸드폰을 보니 엄마가 또 돈을 입금했
다. 엄마는 내 통장에 돈이 떨어지는 시점을 거짓말같
이 잘 안다. 나는 좋으면서도 짜증이 났다. 엄마가 바보
같다고 생각했다. '왜 나에게 모든 걸 바쳐서 투자하는
거냐'고 묻고 싶었다. 엄마는 그런 식으로 내가 엄마가
바라는 인생을 살지 않으면 안 되게끔 만들고 있었다.
멍하니 웹툰을 보고 있다가 다짐했다.
'잘할 수 있겠지, 잘해야만 한다. 이건 당위의 문제야.
바보같이 나에게 모든 걸 투자한 부모님께 내가 보여줄
수 있는 최소한의 양심이다.'
변명 같겠지만 나는 그 투자에 동의한 적이 없다.

무명씨 _ 미디어학부 12학번

일요일 아침부터 강서 쪽으로 집을 보러 왔다.

개포동에서 시작된 서울살이가 밀리고 밀려, 이제는 서울 변두리까지 오게 되었다. 서울을 벗어나지 않으려면 좀 더 힘겨워져야 하는 것 같다.

우리 세대에는 집을 '소유'하는 개념이 사라질 거라고 생각하는 편인데, 엄빠는 굳이 집을 얻어주시겠단다. 엄빠의 마음을 모르는 건 아니지만, 내가 엄빠의 노후까지 뺏는 것 같아서 싫다.

이런 와중에 값을 조금이라도 더 올리려는 부동산 사장님이 밉다.

사. 춘.. 기...

아직 사춘기

나는 어쩜 이리도 미숙한가.
시간은 흐르고
나이는 나이대로 먹어가는 것만 같은데,
너무나 어리고 철없는 나와 마주칠 때마다
아찔아찔하다.

불빛을 따르는 날벌레처럼: 좌지우지

가끔 그런 생각을 해요. 제자리에 있기 위해서라도 우리는 계속 움직여야 하는 게 아닐까 하는. 그러니까 1, 1이라는 좌표에 계속 머물러 있고 싶은데, 축이 자꾸 움직이니까, 축에 따라서 우리도 계속 새로운 1, 1 지점으로 이동해야만 하는 게 아닐까 하는. 한결같기 위해서라도 끊임없이 변해야 하는 것 같다는. ㅋㅋ

무명씨 페이스북 댓글 _ 경영학과 07학번

경력직만 우대하면 경력을 어디서 쌓냐?

방학 때 대외 활동이나 할까 싶어서 지원서를 쓰는데 학교랑 학과 말고는 쓸 게 없어서 포기했다. 알바나 할까 했더니 경력이 있어야 우대해준다고 해서 그것도 포기했다. 스펙이 있어야 다른 스펙을 쌓을 기회를 주겠다는 말(이건 스펙을 쌓게 해주겠다는 말과는 전혀 다르다)이 웃기다.

무명씨 _ 미디어학부 12학번

A: '이재용 부회장 삼 남매, 삼성SDS 상장 차익 280배.' 어떻게 느끼는데?

B: 비윤리적인 건가?

A: 나는 도덕적인 부분은 별로 관심이 없고 그냥 재산을 불린 방식이 새롭게 와 닿아서.

B: 왜 지금껏 저런 방법이 있단 걸 몰랐지?

A: 푸코가 고전주의 시대를 표상의 시대라 했다던데, 이 시대에도 큰돈을 번 사람들은 서류 몇 장과 전산상에 찍히는 숫자, 그러니까 실체가 없이 표상을 이용했다는 생각이 들더라.

B: 어….

A: 근데 대부분 이 기사를 보여주면 선악의 문제로 접근하더라고.

임원느님

최종 면접 조는 직무별로 나누어져 있었는데,
3명 중에 2명을 뽑는 것 같았다.
저번에 같이 봤던 고대 오빠도 최종으로 올라와서
같은 방으로 들어갔다.
'3명 중에 나 혼자 여자…. 익숙하다, 이런 광경.'
이번엔 총 20명 중에 무려 4명이나 여자였다. ㅋ
나 스스로도 이상해진 점은
면접장에서 나 홀로 여자일 때마다 주눅이 든다는 것이다.
아무래도 기업들은 남자를 많이 선호하는 것 같다.
그래서 면접장에서 일부러 더 큰 소리로 씩씩하게 자기소개를 했다.
임원들이 내 씩씩함을 알아줬으면 좋겠다.
솔직히 같이 방에 들어간 지원자 2명.
무슨 말인지 못 알아듣는 말만 했다.

나 뽑아줘요, 임원느님. 나 열심히 일할 수 있어요.

정자와 난자가 만날 확률

집으로 돌아가는 길,

하늘이 예뻤다.

취준하면서 서류 몇십 개를 썼다.

코딱지만큼 서류가 붙었는데,

또 그 코딱지 서류들의 인적성(인성검사와 적성검사)을

통과해야 한다고 생각하니 갑갑했다.

인적성을 통과하고 나서도 몇 차례 면접을 보고….

직장을 다니는 사람들이 또 이직하는 것을 보고….

정말 인생은 끝없는 시련의 연속인 것 같다.

ㅋㅋㅋㅋㅋㅋㅋㅋㅋㅋㅋㅋㅋㅋㅋㅋㅋㅋ

좋은 직장 얻을 확률은

어쩌면 정자와 난자가 만날 확률과 비슷할 것 같다. ㅅㅂ…

적당히 벌어서 적당히 잘 살고 싶은데

그게 어렵단 말이지.

낡은 우주탐사선

88년생 어떤 아이는 보란 듯이 증권사 2년 차에 넥타이가 제법 잘 어울리는 친구가 됐고, 어떤 아이는 아버지의 사업을 물려받아 '이사' 직함을 달았다. 과정이 섹시했든 아니든, 어쨌든 27살, 그리고 88년생이란 그 거무튀튀한 숫자로 대변되는 아이들은 과정보단 결과를 꽤 섹시하게 뽑아냈던 것이다. 그들은 '1년 차' 혹은 '2년 차'란 새로운 이름으로 88 혹은 07이란 숫자를 깨끗하게 리폼하고 있었다.

반면 아직도 2008240XXX로만 증명되는 나의 숫자는 의미를 잃어버렸다. 개념도 없고 세상 물정도 하나도 모를 것 같던 9X년대생들은 폐부를 찌르는 날카로운 창으로 무뎌지고 닳아버린 내 시각을 위협했다. '대학 와서 광우병(인지 뻥인지)을 경험하지 못하고 쌍용과 용산을 경험하지 않은 놈들이 뭘 알겠냐'는 내 생각은 편견이요 오만에 불과했다. 그들은 탱탱하고 싱싱한 시각으로 세월호를 바라봤고 초이노믹스의 한계를 꿰뚫어봤다. 무슨 수를 쓴 것인지 독서량도 어마어마했고, 빛나고 정제된 문장을 구사했다. '오, 이 열등함을 어떻게 받아들여야 하는가.' 우주인을 만난 아폴로 11호의 기분이었다.

그럼에도 불구하고 내놓을 수 있는 유일한 대안은 '1년 안에 더 발전하겠소' 하는 기약 없는 약속뿐이었다. 내년엔 더욱더 첨단으로 무장한 새로운 아폴로 XX호가 발사될 계획인 걸 모르는 건 아니었다. 또한 지구 위에는 에어버스나 보잉호가 세대를 거듭하며 날아다닐 것은 불 보듯 뻔한 일이었다. 그 섹시한 동체와 조종석 위에는 '9X년생' 혹은 '1X학번'이란 우아한 깃발이 휘날릴 것도 알고 있었다. "그럼에도, Although." 낡은 우주탐사선이 된 내가 할 수 있는 말은 그뿐이었다.

P.S. 오늘로 JTBC와 경향신문에서 모두 떨어져 2014 공채를 사실상 마감하며.

모든 사람이 나를 좋아해줄 리 없다

나라는 존재가 다른 사람에게 생각보다 별것 아님을 깨달을 때 받는 소외감이 꽤나 크다. '저 사람들에게는 나는 딱히 곁에 두고 싶지 않은 사람, 필요치 않은 사람이다'라는 걸 깨닫는 순간은 아무리 겪어도 익숙해지지 않는다. 그럴 때마다 '나는 왜 더 좋은 사람, 사람을 끌어당기는 사람이 되지 못하는지' 자괴감에 빠지게 된다. 물론 '모든 사람이 나를 좋아해줄 리 없다'는 것은 이제 자명한 명제가 되었다. 인연이 아니라고 할 수도 있겠다. 그렇다고 내가 "응" 하고 바로 받아들일 수 있는 것도 아니다.

'내 곁에 있었던 사람들조차 내가 허둥대고 삐딱하게 구는 사이에 떠나지 않을까' 이래저래 불안하다. 글쎄, 내가 더 바삐 움직이고 더 갈고 닦아서 좋은 사람이 되는 수밖에 없는 건가.

무명씨 _ 언론정보학과 13학번

지겨운 것이 지겹고
지치는 게 지친다.

광택이 나는 전단지

지난 6개월간 무언가 해야 한다는 부담감 없이 '현재를 즐겁게'라는 모토로 살아왔다. 그런데 개강을 일주일도 남겨두지 않고 한국으로 돌아가려니 갑자기 오랜 공백 끝에 컴백하는 누군가가 된 느낌이 들었다.

지난 6개월간 너무너무 즐겁고 행복했다. 내 인생에서 가장 빛나는 시간이었던 것 같아 '앞으로도 이렇게 살면 행복하게 죽을 수 있겠다'는 결론까지 내렸다. 그런데 한국에 돌아와보니 이 나라는 6개월 전과 달라진 게 없었다. 여전히 대학생들은 의무감으로 대외 활동을 하고 자격증과 언어 공인시험 점수를 체크하며 졸업 이후의 시간을 걱정하고 있었다. 그 걱정 속에 작아진 자신을 억지로 욱여넣으며 살고 있었다.

무명씨 네이버블로그 _ 미디어학부 10학번

오랜만에 연락이 닿은 친구는 나에게 취업과 대외 활동 정보를 물어오고, 나는 나보다 일찍 귀국한 을정이에게 대외 활동 정보를 물어보고. 그렇게 알고 싶지 않은 정보의 바다에서 허우적대다가, 진짜 정보의 바다 '스펙업'과 '고파스'의 자유홍보게시판에서 이런저런 정보를 보다가, 익사하고픈 마음이 들어 우쿨렐레를 치다가, 다시 학회 홍보물들을 보았다.

글로벌 리더와 유능한 인재들을 찾는다는데, 자신만만하고 당당해 보이는 전 기수들의 사진이 왠지 모르게 재수 없었다. 분명 어느 학회에서나 활동하는 사람들 사이에는 친밀감과 우정 같은 것들이 생기기 마련이라는 것을 알고는 있었지만, 홍보물 사진 속에서 정장을 입고 꼿꼿이 앉아 있는 남녀들과 나는 친구가 될 수 없을 것만 같았다.

부하들의 부하

당신의 카톡 프로필 사진에 있는 네 살배기 막둥이가 내 나이가 될 무렵, 나 역시 당신의 나이가 된다. 그 무렵 당신의 아들이 제발 나 같은 어른에게 새끼 소리는 안 들었으면 한다. 당신의 아들만은 그딴 소리 안 듣게 스스로 노력하겠다. 김훈은 '밥벌이의 지겨움'을 이야기했다. 적어도 난 지겨울지 언정 부끄럽지는 않으련다.

무명씨 페이스북 _ 신문방송학과 09학번

이것이 위선이다

기성세대가 그럴듯한 다윈의 진화론에 현혹되어
글로벌을 외치는 시대에
우리는 에이비씨디를 외웠을 뿐이다.
못해도 걱정, 잘해도 걱정. 쿡.

우리는 태어날 때부터
무한 경쟁, 오로지 성공의 가치에
아주 꾸준히 물들어왔다.
그것에 헌신하는 것이 당연한 줄 알았다.
그런 우리가 '요즘 것들'이라고 비난받는다.

우리를 이렇게 만든 것은 누구인가.

우리에게 언제 한 번이라도
제대로 된 모습을 보여준 적이 있었던가.
이것이 위선이다.

무명씨 _ 미디어학부 12학번

아빠가 세상에서 제일 어렵다

나는 아빠가 세상에서 제일 어렵다.
나와 친해지고 싶으면 밥상 앞에서 세상 돌아가는 이야기를
뉴스처럼 나열해주는 우리 아빠가 어렵다.
(내가 듣고 싶고 하고 싶은 말은 우리가 사는 이야기인데…)
나와 싸우면 다음 날 직장에서 읽던 '훌륭한 인재'가 나온
신문 한 면을 방에 던져놓고 가는 아빠가 어렵다.
(내가 받고 싶은 건 짧아도 좋으니 편지 한 통인데…)
아침에 버스카드가 없어지면 있는 욕 없는 욕 다 하면서
자기 버스카드를 건네주는 우리 아빠 덕에
목적지까지 3시간이 걸려도 걸어가고 싶어진다.
(욕만 빼면 참 좋을 텐데…)
가족의 휴식보다 청소에 목매는 아빠가 어렵다.
(청소는 매일 안 해도 좋으니 가끔은 가족끼리 전기장판 위에 누워
TV도 보고 그러면 좋을 텐데…)
초등학교 때 여자애들을 좋아하는데 어떻게 해줘야 할지 몰라
막 괴롭히는 남자애들 같은 우리 아빠. ㅠㅠ

무명씨 페이스북 _ 사회복지학과 10학번

철컹철컹: 엄마를 부탁해

한 편의 인질극을 상상해본다.

척- 치이익-.

아-아-,

우리는 당신네 어린 자식들을 인질로 잡고 있다.

우리가 망하면 애네도 망한다.

당신네들이 망해서 우리가 망했으니

우리도 그만 망하고 말련다.

아아-,

우리는 당신네 어린 자식들을 인질로 잡고 있다, 오바.

아,

그러고 보니

대통령이 자식이 없다.

망했다.

철컹철컹.

악의는 없었지만…

무명씨 _ 미디어학부 13학번

내가 악의 없이 한 일을 다른 사람이 삐딱하게 받아들이면

그런 게 아니라고, 오해라고 말해야 하는데

세상천지에 적밖에 없는 것 같아 힘이 빠지고 주눅이 들어서

그냥 어이없이 미안하다고 말하게 된다.

세대의 멸종

20대를 겨냥한 책과 이야기, 문화는 있으되,
막상 우리를 담고 있는 것들은 없다.
사실 그 얘기를 듣고 싶은지도 잘 모르겠다.

싸이월드보다 넓어진 페이스북이라는 광장에서
사람들은 시답잖은 것에 쉽게
모이고
분노하며
사라져간다.
댓글을 달거나
'좋아요'를 누르며.

'요즘 누가 페북에 긴 글을 써?'
'쟨 또 왜 자기 고민을 털어놔?'
'아, 얘 매번 이러네!'
'친구 삭제.'

그가 힘든 이유는
내가 힘든 이유와 같은 줄도 모르고.

무명씨 _ 국어국문학과 12학번

여행자의 딜레마

반복되는 패턴에 지칠 때가 있다.

몇 달을 꼬박 벌어 떠나는 일주일의 달콤한 여행.
그 달콤함에 아찔한 중독성이 있어서
힘들어 죽겠다고 투정하면서도
매번 다시 일을 구하고 통장을 채워 떠난다.

일정한 수입이 없는 학생의 숙명이라고 생각하다가도
같은 학생인데 너무도 쉽게 떠나는 친구들을 볼 땐
허탈해서 맥이 탁 풀린다.

일주일 동안의 달콤함을 위해
몇 개월 동안 나를 혹사시키는 게 과연 맞는 건지.
나의 하루하루도 소중한데,
단 한순간을 위해
그 많은 시간을 맹목적으로 짓누르고 있는 건 아닌지.

돈 버는 순간의 무기력함 때문에
자꾸만 이런 회의에 빠진다.

뚜지 네이버블로그

언론사 시험에 떨어진 나의 친구에게

ㅈㅇ아,
어릴 때 캠프 같은 데 가면 그런 게임 한 거 기억나나?
의자 주변을 빙글빙글 돌다가
삑 호루라기 소리와 함께 "네 명!" 하는 외침이 들리면
서로 의자에 앉으려고 몸싸움을 벌이다
결국 그 의자에 먼저 앉은 네 명만 통과하는 게임.
근데 보면 이긴 애들이 별로 잘나지도 않았고
그렇다고 튕겨져나간 애들이 별로 못나지도 않았잖나?

못 앉은 이유가
다리가 짧아서도 아니고, 엉디가 커서도 아니고….
그냥 의자 주변을 빙글빙글 돌다가
삑 호루라기 소리에
우연히 그 의자에 더 가까이 있었던 애들이 앉은 거였다아이가.

그런 거지, 뭐.
니 엉디의 잘못도, 니 다리의 잘못도 아니지.

무명씨 _ 영어영문학과 12학번

그냥 의자가 너무 작았고
우연히 가까웠던 아가 있었던 거라.

다음엔 빙글빙글 돌다가
더 좋은 의자에 앉아라.

내 기억에 그 게임은 항상 열 번은 하더라.

P.S. 편지를 읽은 친구와 이후에 나눈 대화.

ㅈㅇ: 근데 나는 약간 엉디도 크고 다리도 짧은데…,
     어쩌지?
나: 그럼 다음번엔 이렇게 말해라.
   나는 엉디도 크고 다리도 짧아서
   한번 앉으면 튼튼하니 계속 잘 앉아 있을 수 있다고.

"안녕들하시냐?" 길래

"안녕들하시냐?" 길래 올 한 해 내 삶을 돌아봤어요. 지긋한 사계절을 말이죠.

봄에는 학점을 땄어요. 공부를 한 적은 없고 학점을 땄죠. 상대평가는 '상대'를 고꾸라뜨려야 이기는 제도예요. 꽃구경도 축제도 제쳐놓고 공부만 했는데 B$^+$이 떴어요. 멱살만 안 잡았지, 선생님과 싸웠어요. 학점은 바뀌지 않았어요. "상대평가여서 어쩔 수 없다네. 네 학점을 올려주면 누군가는 내려가."

평점이 4.0이 넘는데 장학금과는 거리가 멀어요. 이 학교에는 학점 괴물들이 살아요. 난 고꾸라진 거죠. 누군가 머리 위에서 나를 짓밟았네요. 봄바람에 흩날리는 벚꽃 잎과 함께 학자금 대출 이자가 연체되었다는 문자가 날아왔어요.

여름에는 토익 공부를 했어요. 새벽 6시면 눈을 떠 강남역으로 향했어요. "이번 역은 강남, 강남. 쯔기노모데세끼가 강남, 강남. 에끼데쓰. 쮜빵빵떼쉬…." 이 소리를 들으면 머리에 땡땡땡 종이 울렸어요. 이른 7시 반 파고다, 모국어를 듣기도 전에 "디렉션, 인 디스 파트…", 자정까지 스터디, 해변이고 나발이고 딕테이션, 쉐도잉, 다가오는 월말, 해커스, 모질게, 시나공, 유수연과 한승태… LC를 푸는데 매미가 시끄럽게 울었어요. 9(X)점을 못 넘으면 나는 사람 취급을 받을 수가 없었어요.

가을바람이 불 때, 나는 편지를 쓰지 않고 자기소개서를 썼어요. 자기 속여서 쓰는 자기소개서에 진짜 '나'는 없어요. 나는 주말이면 오후 2시까지 낮잠을 자는데, 그런 사실은 쓸 곳도 없고 써서도 안 되죠.

다 쓰고 나니, 돼지고기가 된 느낌이었어요. 푸줏간의 붉은 조명 아래에서 외설적으로 엉덩이를 흔드는 돼지고기. "내 항정살이 맛있어요. 내 목살은 당신 입에서 살살 녹을 거예요. 나는 세상에 둘도 없는 순종적인 돼지고기예요"라고 외치는 정신 나간 돼지고기.

그리고 겨울, 첫눈이 내리기 한 주 전에 면접을 봤어요. 흑백 논리적인 정장을 입은 사람들 사이에서 온몸이 떨렸어요. 면접장에 들어섰는데, 면접관들이 나를 보며 하품을 했어요. 그들은 내 말허리를 잘랐어요. 그들과 나는 어울리지 않는다고 해요. 난 끝까지 웃음을 잃지 않았죠. 내 말이 그들 귓등으로 미끄러졌어요. 그날 밤, 난 28살에 몸도 거구인데 신생아처럼 울었어요. 한참 우는데, TV에서 이문세 노래가 나왔어요. "이 세상 살아가다 보면 슬픔보다 기쁨이 많은 걸 알게 될 거야." 참 터무니없이 해맑았어요.

그렇게 살았어요. 사실 왜 그렇게 부족했는지, 무엇이 그렇게 애절했는지 모르겠어요. 하나 합격은 했어요. 하지만 합격해서 안녕한지는 잘 모르겠어요. 아니, 안녕하지 않았고, 안녕하지 않으며, 앞으로도 안녕하지 않을 것 같아요. 안녕이라는 것, 그런 건 애초부터 우리 것이 아닌 것 같아요. 왜 그럴까요. 우리네 삶이 처음부터 그런 것은 아닐 텐데. 우리네 삶이 처음부터 그런 것은 아니었을 텐데.

무명씨 페이스북

비밀번호 찾기

학교에서 학부모님께 설문 조사를 하라고 해서 엄마 아이디와 비밀번호를 찾아드렸는데, 비밀번호 질문 있잖아요, 가입할 때 질문에 대답하는 거, 그거 질문이 '내 자신의 인생 보물 1호는?'이었어요. 그런데 답이 '아이들'이더군요.
티 안 내고 담담하게 있다가, 엄마가 나가시자마자 울컥했습니다.

무심하고 애교 없는 딸이라 미안해요. 미안하다는 말도 잘 못할 정도로 성격이 그래요.
항상 저희 배고플까봐 일 끝나고 9시에 오셔도 손수 치킨이며 야식이며 만들어주시고 집에 늘 과자를 가득 채워놓으시고⋯ 항상 저희가 1순위이신데, 전 진짜 이기적이고 애교도 없고 살갑지도 않고 집에 와서 다녀왔다는 소리도 안 하고⋯ 문제가 많은 딸이네요. 문제는 다 아는데도 입에서 잘 안 나와요. ㅜㅜ
아빠도 요즘 의식적으로 대화하자고 많이 하시고 사랑한다고 많이 하시는데⋯. 진짜 노력하시는 게 느껴져서 제가 너무 미안해요. 쑥스러워서 대화하자고 하셔도 피하고 사랑한다고 하셔도 "응"이라고만 대답하게 되네요. 하지만 표현은 못해도 세상에서 가장 사랑해요.

생애 처음으로 아버지 우시는 걸 봤어요

아까 새벽에 들어오신 아버지께서
좀 취하셨나 봐요.
자고 있었는데 아버지 우시는 소리에 깼어요.
엉엉 우시는 걸 처음 봤어요.
순간 잠이 확 깨면서 너무 불안했어요….
밖에 나갈까 말까 수십 번을 고민했어요.
'우는 것도 스트레스 해소에 도움이 될 텐데….
딸한테 우는 모습을 보이면
자존심 상하진 않으실까.'
근데 혼자 우시는데 그걸 듣고도 못 들은 척
방에 있을 수가 없었어요.
'혹시 우울증 같은 게 있으신 건 아닐까.
지금 위로해드리지 않아서
혹시 나쁜 일이 생기는 건 아닐까.'
오만 가지 생각이 다 나서
결국 거실로 나가 아버지를 끌어안았어요.

무명씨 인터넷 게시판

울음이 터질 거 같았는데
안 울려고 이 악물고 버티면서 든 생각이
'아, 우리 아빠 맘껏 소리치고 울 공간이 없네'였어요.

지금도 이걸 치는데 눈물이 주룩주룩 나요.
아빠가 너무 가엾어 슬픕니다.
내가, 우리 언니가 대학 다니고 살아가는데
'우리 둘만 좀 고생하면 된다'고 하면 얼마나 좋을까요?
왜 난 20살 넘은 성인인데,
이젠 나이 드시고 허리도 안 좋으신 아버지께
계속 짐이 되어야 할까요?
솔직히 '왜 우리 아빠 부자가 아닐까. 우리 동기네 아빤
판사라 유학 보내주고 인턴 자리도 잡아주던데…'
이런 생각을 한 적도 있거든요.
평소에 부자 아빠를 바라거나 아버지를 원망한 적도 없는데
'왜 순간적이지만 그런 생각을 했을까' 제 자신이 밉기도 해요.

너를 저격하는 건 아니야

나는 내 삶을 잘 편집해가며 살고 있는 걸까?

얼마 전 만난 친구가 그랬다.

"야, 요새 애들한테 뭐 하냐고 물어보면 다 똑같아. 무슨 자소서 써, 면접 봐, 인턴 해, 토익? 오픽? 하나같이 다 이런 소리만 한다니까? 아, 난 그게 너무 싫어!"

물론 이게 절대 비난받을 일이 아니고, 우리 시기에 당연한 것이고, 그런 거 잘하는 애들이 자기 삶의 절대 갑 편집장들인 경우가 더 많다. 그렇지만 개중에 많은 수가 색깔이 없는 것도 사실.

세상은 살기 힘들다던데

'역차별'을 이야기하는 사람 중에 '차별'의 존재를 온전히 인정하는 사람이 있을까?

'차별'은 인정하지 않으면서 '역차별'만 떠들어대는 인간들은 참… 별로다. ㅋㅋㅋ

하긴 애초에 차별에 대해 제대로 인지한 사람이라면 그 존재 자체도 불분명한 역차별에 대해 떠들어대지는 않을 것 같다.

카페에서

1. 〈심리통계〉 시간에 교수님이 두 요인이 함께할 때만 영향을 주는 경우를 설명하며 말했다.
"연령과 최종 학력이 그렇죠. 20대일 땐, 고졸 생산직이 대졸 회사원보다 더 잘 벌죠. 그리고 40대가 되면 뒤집혀요. 그런데 그 둘의 누적 연봉 순위가 바뀌는 나이가 언제인 줄 알아요? 마흔여섯이에요. 마흔여섯. 여러분은 마흔여섯에 '더 잘 벌었다'고 말하려고 여길 다니고 있어요. 그런데 그때, 퇴직이 얼마나 남았을까요?"
"여기 있는 백 명의 사람 중 꿈을 이룰 수 있는 사람은 두세 명. 어차피 대단하지 못하게 살다 눈감게 된다면 '재밌게는 살았다'고 말할 수 있게 살아요."

2. 어머니에게 물은 적 있다. 어른들이 우리 나이 때에도 이랬냐고.
"그때도 아파하고 '내가 정말 바라는 것이 뭔지', '내가 누군지' 연신 질문하고 그랬어요?"
"먹고살기 바빠서 그냥 살았던 거지. 기억도 안 나."

3. 허지웅이 '20대가 사라졌다'고 말했다. "요즘 최상위권 고등학생들은 무조건 이과로 간대"라는 말을 들었을 때의 기분 같은 것이었을까. 자세히 읽어보면 세상을 나무라고 있지만 우리가 혼나는 기분이 들었다.

뭐라고 대들면 좋을지 고민하다가 손에 힘이 풀렸다. 여름, 이탈리아에서 했던 생각이 떠올랐다. '한국이 빡센 건 어쩔 수 없다. 가만히 있어도 돈을 물어다주는 콜로세움 같은 게 없으니 그렇게 서로 헐뜯으며 살 수밖에 없겠구나.'

《총, 균, 쇠》를 읽었을 때도 떠올랐다. '인류의 발전이 고르지 않은 것은 환경 때문'이라고 했다. '옛날 20대는 독재에 맞섰고, 지금 20대는 시종 아파하는 것' 역시 마찬가지였다. 환경이 그랬다.

주말에 카페를 전전하면 빈자리가 없다. 아늑하다고 할 만한 곳이 여기뿐인 것 같다는 생각도 든다.

인생의 수업료

세상을 살면서 손해 보지 않고 살려면
아는 게 많아야 한다는 것을 새삼 깨달음.

세상은 많은 것을 가르쳐주기도 하지만
그 수업료는 비싸다.

무명씨 _ 미디어학부 13학번

Wind...
gives us a boost

바람이
우리를 밀어주겠지…

어른

어른들이 밉다.
앞만 보는 어른들.
걱정 많은 어른들.
듣지 않는 어른들.
말만 하는 어른들.
허울뿐인 어른들.

나도 나이는 어른인데, 어른이 되기 싫다.
그래서 어른이 되지 않겠다고 결심했는데
뿡이가 그랬다.

"멋진 어른이
되면 돼."

한 밤 의   꿈 이 라 도
품 을   수   있 다 면
그 것   또 한   꿈 이 다.

술집 '형제집' 벽면의 낙서에서

4만 원짜리 번지점프도 튼튼한 줄은 준다는데…

살기 위해 20대가 들어야 할 이야기는 넘치지만
몸 던져서 도전해도 죽지는 않을 보호 장치는 없다.

무명씨 _ 국어국문학과 12학번

조금만 기다려봐

당연히 바꾸고 싶지.

입장 바꿔 생각해봐.

회사 생활 같은 대학 생활 하는 우리라고

좋아 죽겠어서 이렇게 사는 것 같은지.

영어 잘해야 하는 너희를 위한 "옛다, 영어 강의!"

취직하는 게 유일한 꿈인 너희를 위한 "옛다, 팀 프로젝트!"

회사 업무가 인생의 전부인 양 살아가는 직장인들처럼

과제가, 학점이, 취직이 인생의 전부인 양 살아가는 우리라고

'이건 뭔가 잘못되어도 한참 잘못되었다'는 사실을 모르는 건 아니야.

근데 언제나 그렇듯 우리의 발목을 붙드는 건 먹고사는 문제지.

이건 좀 아니다 싶긴 한데

지금 당장 남들처럼 안 하면 '그럼 나는 뭐 먹고사나' 싶은 거야.

벌써부터 밥그릇 챙기기 정신이 투철한 건

당신들 말마따나 우리가 첫 번째 '포스트 IMF 세대'기 때문이지.

이지원 _ 심리학과

승자 독식 체제,

받아들인 적은 없는데

다만 거부할 방법을 모르는 거야.

어른들 말씀 잘 들으라는 교육의 효과랄까.

근데 이거 하나는 알 거 같아.

이렇게는 절대 오래 못 간다는 거.

행복하지 않은 20대로 넘쳐나는 사회,

절대 정상적이지 않거든.

그리고 알아둬야 할 건

취직 걱정만 하는 것처럼 보이는 우리도

비밀리에 하나씩 꿈들을 가지고 있다는 사실.

조금만 기다려봐.

곧 알게 될 거야.

이거 제 건데요

여행을 다니면서 다양한 사람들을 만나며 느끼는 것
중 하나가 학벌이 높다거나 아는 게 많다고 해서 인성
까지 좋은 건 결코 아니라는 거. 성격 모나고 열등감에
빠져서 남한테 싫은 소리 아무렇게나 하고 비관적이고
삐뚤어진 사람보다는 타인을 배려할 줄 알고 이해심 많
고 현명한 사람에게 늘 끌린다. 도대체가 내 인생은 내
거고 내 여행도 내 건데 참 말들이 많다. 단 1초도
나 대신 살아주지 않을 거면서.

무명씨 네이버블로그 _ 국어교육학과 08학번

'너만 힘든 거 아니야, 다들 힘들지'라고
말하는 사람은 버려요.
다른 사람들도 마찬가지로 힘든 게,
그대 힘든 거랑 대체 무슨 상관이람.
그리고 그대의 고달픔과 슬픔을
허세나 오글거리는 감정으로 취급하는 사람들도 버려요.
고이 접어서 날려버리고 절대 맘 주지 말아요.
그들이 감히 자신을 상처 입히게 놔두지 말아요.

청춘이라도 좀 내 맘대로 쓰겠다고!

'토익 점수 몇 점이냐'고, '자격증이나 공인 인증 성적 있냐'고 그만 좀 물어보세요. 아무것도 없다고 하는 나에게 한심하다는 그 눈빛도 쏘지 마세요.

하물며 연봉과 직책에 집착한 당신보다 내가 잘 안 될까마는 당장의 24살의 윤영민에게는 아무 준비(당신이 얘기하는) 없이 재밌고 신나는 일들을 하는 것이 더 중요합니다.

그깟 돈 남들보다 몇 년 늦게 벌기 시작하면 어때요? 난 애 낳고 다 늙은 상태에서 혼자 여행 다니고 싶진 않습니다. 좀 덜 벌면 어떻습니까? 400만 원 벌고 350만 원 쓰나 120만 원 벌고 70만 원 쓰나 어차피 50만 원 남기는 거잖아요? 직장인들이 돌려받고 싶은 1순위가 청춘이라는데 그거 좀 내 나이 때 미리 쓰면 덧납니까?

학점에 신경 쓰지 않는다 해도 내가 이 말과는 모순된 학점을 받고 있어서 먹히진 않겠지만, 어쨌든 지금은 지금의 나만 할 수 있는 것들을 하고 있으니 이제 그만 물어보시길.

윤영민 페이스북 _ 스포츠산업학과 10학번

꿀잠

'아프니까 청춘이다'라는
전대미문의 헛소리를 만든 기저에는 꼰대 정신이 있다.
그래서 항상 자기 전에 반성한다.
'난 오늘 꼰대였는가.'
아무리 생각해도 꼰대질 한 게 없다면 편히 자도 된다.
혹시 아니라면,
좀 더 철없기 위해 노력하고
오늘 내 꼰대질에 대해 당사자에게 사과하거나 반성한다.
다행히 오늘은 없으니 매우 굿나잇.

가격표 떼기 연습

최근에 취업이 안 돼 동문회에 못 나갈 것 같다는 선배의 이야기는 약간 절망적이었다. 난 그 선배에게 "보고 싶으니까 그때 오라"고 했는데, "동문회에는 어마무시한 가격표가 달린 선배들만 나오니까 나는 아마 가기 어려울 것"이라고 했다. 도대체 동문회라는 게 뭐지? 내가 그리던 모습과는 너무 다르다. 최고가 인간 전시회 또는 네트워킹을 통해 자기 가격을 한층 높이는 장 같은 거였나보다. 학생인 나는 아직 정가가 매겨지지 않아서 맘 편히 나가서 뭣도 모르고 놀았던 거 같다.

이렇게 나는 가격표를 거부한다고 하지만, 막상 시장꾼들이 내 가격표에 '50% 가격 인하'라고 써붙이는 걸 본다면 가만히 있을 수 있을까? 뭔가 부들부들할 것 같다. ㅠㅠ 부들부들하면서 따진다고 하더라도 따져야 할 포인트는 "왜 깎아요?"가 아니라 "왜 나한테 가격을 매기냐!"가 되어야 한다. 그리고 이 믿음을 주변 사람들이 공유하고 있어야 내가 편하고, 불행하지 않다.

무명씨 네이버블로그 _ 미디어학부 10학번

S1발, N나도 그만하고 싶어, S1발

내가 SNS를 하는 건지, SNS가 나를 하는 건지 모르겠어. 'S 시간, N 낭비, S 서비스'라고 하더라. 그래, 그거 맞는 말인 것 같아. 이 글을 써놓고도 내일이면 난 '뉴스피드'를 끊임없이 새로고침 하고 있겠지. 남들 다 하는데 이거 안 하면 뭐하고 살아. 카페 가서 교양서적이라도 읽을까?

S 시발, N 나도 그만하고 싶어, S 시발. 이런 거 없이도 친구랑 잘만 지내던 그때, 페이스북 같은 거 안 봐도 뭐가 어떻게 돌아가는지 하나도 어렵지 않던 그때가 정말 너무 그리워.

우리는 크게 자유를 외치는데

20대가 세상을 바꾸려 하기보다 그저 자학하기 바쁘다고?
암울하기만 한 현실 속에서 잘 보이지도 않는 낭만을 긁어모아
고군분투하고 있는 20대가 자학하기 바쁘다고?

'더 이상 고여 썩은 물에서 놀지 않겠다'며
이 틈 저 틈으로 몰래 빠져나가 새 냇물을 만들고 있는
이들은 눈에 보이지 않는 것인가?
새 흐름에 눈을 돌리지 못하도록
고인 물만 이야기하고 있는 이들은
과연 누구인가.
20대를 썩은 물에만 머물러 있으려 하는,
자존심도 배알도 없는 존재로 묘사하는 이들은
과연 누구인가.

대안과 대항의 목소리를
처음부터 새어나가지 못하게 틀어막곤,
이제는 '20대가 패기가 없다'며 비난한다.

무명씨 _ 국제학부 11학번

그리고 이렇게 틀어막히고 또 틀어막힌 대항의 목소리가
미약하게나마 밖으로 새어나갈 때쯤이면,
어느덧 그 20대는 30대가 되어버리니
20대는 계속 '한심한 것들'의 이미지를
벗어나지 못할 수밖에.

슬퍼하지 마 NONONO, 혼자가 아냐 NONONO

마음이 안 좋아진다

몸이 안 좋아진다

몸이 좋아진다

마음이 좋아진다.

반순웅 페이스북 _ 언어학과 12학번

보통 이 트리를 타는데, 요즘은 몸이 좋아져도 마음이 좋아지질 않아서 계속 몸이 안 좋아진다.

갑자기 다 던져버리고 어디론가 숨고 싶은 기분이 든다. 한참 괜찮더니 또 도망가는 병이 도지는 것 같다. 사실 그렇게 조급해하지 말고 하나하나 차근차근 해나가면 될 일인데, 괜히 조바심만 내다가 아무것도 하지 않은 채로 디데이가 코앞으로 다가오고 결국 다 내던지고 어디론가 숨어버리고 싶어진다. 다른 사람들 생각해주다가 내가 고꾸라지게 생겼으나, 다 아끼는 사람들이고 그 사람들 사정이란 게 또 연민을 불러일으키는 것들이어서 패악질도 못 부리고 끙끙대느라 자꾸 앓는다. 그렇다고 생판 모르는 사람에게 내 화를 쏟아내기에는 키보드 워리어 기질도 많이 꺾여서 의욕이 없다. 이게 내가 할 수 있는 영역이면 씨발씨발 하면서 혼자 꾸역꾸역 하겠는데, 내가 할 수 없는 부분이라서 그렇게도 못하고 발만 동동 구르다가 답답해서 화병으로 내가 먼저 돌아가시겠다 이거야. 저격인 듯 저격 아닌 저격 같은 글인데, 그냥 같이 힘내자는 거야. 힘내자는 말이 짜증 나기는 하지만 어쩌겠어.

나도 눈과 귀와 입이 있다고

막말로 이야기해서 지금 대한민국 20대, 30대는 필요 없는 세대예요.

줄곧 저는 '다들 정상인데 그냥 나 혼자 루저라서, 나 혼자 비정상적 낙오자라서 절망감을 느끼고 사회를 삐딱하게 본다'라고 생각했습니다. 그래서 내가 느끼는 것에 대해 '이 사회를 어떻게 생각하고, 어떤 문제가 있다'고 지적하는 것을 극도로 꺼려왔습니다. "이 사회가 몰락하고 있다"라고 말하는 것은, 사실은 '나 혼자만의 몰락'을 선언하는 것과 다름없다고 생각했기 때문에.

아마 저처럼 생각하는 사람들이 많을 겁니다. 문제를 봐도 '저 문제를 보고 있는 내가 문제'라고 생각하기 때문에 입 밖으로 꺼내지 않는 사람들. 어떤 강한 권력으로부터 '너희가 비정상이고, 너희의 생각을 절대로 말하면 안 돼'라고 교육받은 사람들.

무명씨 인터넷 게시판

이게 현재의 20대들이겠죠. 누군가가 사회에 대해 어떤 불안을 느낀다면, 그건 그 사람만의 불안이 아니겠죠. 하지만 우리는 그걸 조롱하라고 배웠어요.

20대들이 더 많이 더 솔직하게 말해야 한다고 생각합니다. 끊임없이 비판과 대화의 장을 열어야 한다고 생각합니다. 우리는… 이렇게 인터넷이 발전했는데도, 얼마나 제대로 된 대화를 하고 있는지, 얼마나 솔직하게 자신들의 고통에 대해 소통하고 있는지 모르겠습니다.

행복한 개구리의 탄생

내 주변엔 다 고만고만한 사람들만 있다고 생각했다.
생긴 건 다 다른데 하는 건 다 똑같아서.

'아, 이래서 한민족이라고 하고, 단일민족이라고 하는구나!'

나의 발길이 고작 집, 학교, 학원으로만 향할 때,
나의 동선이 중·고등학생 때와 다르지 않을 때
사람에 대한 나의 시선도 한 가지 색깔이었다.

하지만 한 발짝 움직여 만난 세상은
이전에 없던 반짝임과 컬러풀함으로
내 안에 작은 소용돌이를 일으켰다.

'걸어서 세계 속으로'를 실천하는 청년,
종종 걸음을 멈추고 후문 앞 대자보를 읽는 학생,
두리번거리는 낯선 이에게 먼저 손을 내미는 젊은이.

'아, 나는 우물 안 개구리였구나!'

무명씨 _ 미디어학부 10학번

1학년 때 첫차를 처음 타봤다.
타기 전만 해도 '첫차니까 자리가 좀 있겠지' 했는데,
예상외로 꽉 찬 첫차에 놀랐던 기억이 난다.
어제와 오늘, 시험공부를 하기 위해 첫차를 타고 다녔다.
버스 안을 심심치 않게 해주신 부모님 연세 정도의 분들은
대부분 학교의 후문과 중문, 정문에서 내리신다.
학교를 제대로 돌아가게 하시는 분들이 누구인지
다시 한 번 생각하게 된다.

Bravo Your Life
Bravo Your Life
Bravo Your Life
Bravo Your Life

무명씨 페이스북

늘 깨어 있는 사람

가슴이 뜨거운 사람들이
모두 시를 쓰는 것은 아니다.

하지만 가슴이 뜨겁지 못한 사람은
결코 시를 쓰지 못한다.

늘 깨어 있는 사람이
모두 글을 쓰는 것은 아니다.

허나 정신이 깨어 있지 못한 사람은
결코 글을 쓰지 못한다.

동호회 '총문학연구회' 낙서장에서

사랑

어렸을 때 할머니께서 돌아가셨다.
할머니께서는 시골의 어느 공원묘지에 묻히셨다.
이듬해 방학 때 그 근처 친척 집에 갔다.
우리가 탄 차가 할머니께서 잠들어 계시는
묘지 입구를 지나갈 때였다.
할아버지와 나는 뒷좌석에 함께 앉아 있었는데,
할아버지께서는 아무도 안 보는 줄 아셨는지
창문에 얼굴을 대고 우리들 눈에 띄지 않게
가만히 손을 흔드셨다.

그때 처음 사랑이 어떤 것인지 깨달았다.

흔들림

흔들리지 않고 피는 꽃은 없다 했다.

꽃은 오히려 흔들릴 때 더 아름다웠나보다.

더 생동감 넘치고 의지적이고.

역설적이게도 다 피어버린 듯한 이 시대는 오히려 죽었다.

사회는 더 완벽해졌고,

우리는 더 이상 흔들리기를 거부한다.

김경환 페이스북 _ 인문과학계열 14학번

212

213

아직 끝나지 않은 이야기

오늘 오늘 바로 지금 오늘,
구두쇠인 '규정er'들과 영혼 없는 '규정ee'들이 살았어요.
('employer: 고용주'와 'emloyee: 고용인'을 빗대어 만든 말)

규정er는 집을 몇 채 갖고 있었는데,
보는 사람마다 규정ee로 만들어서 자신의 집 중 하나에 밀어 넣었어요.
이미 집은 수많은 규정ee들로 발 디딜 틈이 없었는데도 말이죠.
돈도 있었고 시간도 있었지만 규정er는 규정ee 하나하나만을
위해서는 원룸을 제공해주지 않았어요.

한 번 집에 들어간 규정ee는 더 이상 자신의 이름으로 불리지 않고,
수많은 룸메이트들과 단 하나의 이름으로 불리게 되었어요.

영혼 없는 규정ee는 항의 한 번 하지도 않고
그냥 그렇게,
주어진 집에서의 생활에 익숙해져갔어요.

과연 규정er와 규정ee는 조화롭게 지낼 수 있을까요?
다음 시간에 계속….

무명씨 _ 미디어학부 10학번

벼락치기의 심리

효율성이 지상 최대의 목표가 되다보니 다들 최소한의 노력을 들여 최대한의 결과를 도출해내려 한다. 우리도 그렇다. 족집게 과외, 학원은 입시 때만 필요한 줄 알았는데 대학에 와서도, 대학을 졸업하고서도 무언가를 하려고만 하면 늘 족집게 강의가 필요하다. 중간·기말고사 때 벼락치기 하는 나만 봐도 그렇다. 최소한의 시간을 들여 최대한 좋은 점수를 받아내려 한다. 시험을 위한 시험이다. 남는 건 없다. 문제는 이런 자세가 인생 전체의 기본 명제가 되는 것이다. 내가 들인 노력보다 더 많은 걸 바라는 건 도둑놈 심보다. 그런데 그 도둑놈 심보가 당연한 것처럼, 똑똑한 깃처림 여겨지는 세상인 것 같다.

세상의 객관식 문제에 주관식으로 답하기

'답이 없다고 할 게 아니라 답을 만들어야지'라는
말을 들었다. 문득, 부끄러워졌다.

전에, 그러니까 이 혼돈의 숲 속에 들어오기 전에
쑥스럽지만 이런 생각을 한 적이 있다.
'나만의 길을 만드는 사람이 되고 싶다,
내가 나로서 걷는 그 발걸음 자체로 길을 만드는 사람이 되고 싶다,
남들이 모두 가는 길, 가지 않은 길 그런 거 다 모르겠고
그냥 묵묵히 내 길을 가는 사람이 되고 싶다.'
그런데 어느새 그걸, 다 잊어버렸다.
그래서 부끄러웠다.
맞는 말이다.
우습게도 나를 가두는 건 늘 자신뿐이다.
내가 인생을 객관식 문제로 보는 순간,
내 인생은 정답 고르기 게임이 된다.
그렇지만 내가 인생을 주관식 문제로 혹은 작문 문제로 보는 순간,
인생의 폭은 끝없이 넓어진다.

네 탓이오

"네 탓이오,

네 탓이오.

너 개인의 큰 탓이옵니다.

.

.

.

슬프다

권력, 명예, 부. 이런 것들을 유독 추구하는 이들은 끈이 부족하기 때문에 그렇다. 세상과 내 마음을 연결하는 끈. 다른 데서 찾을 수 없는 끈을 이런 데서 찾으려 한다. 사실 그런 것들은 자연스럽게 얻어져야 하는 것들이다. 의도적인 권력, 명예, 부는 곪을 수밖에 없다. 진정성을 담아 몰두하는 중에, 어느 순간 권위, 명망, 풍성함으로 자연스럽게 따라와야 하는 것들이다. 시대를 막론하고, '사회가 왜 이 모양이지?' 하는 의문이 끊임없이 제기되는 이유는 시대를 주도적으로 이끌고자 하는 이들이 항상 그런 사람들, 그렇게 똑같은 사람들이기 때문이다.

무명씨 일기장

네가 뭘 알아

나는 말이지,
다른 사람에게 말을 걸 때
그 사람에게 선심 써주는 듯한 말은
아무 의미가 없다고 생각해.
그래서 나는 '말을 걸고 싶은' 사람에게
'친구를 다양하게 사귀라'고 하기 전에
'네 베프는 누구냐?'고 물어볼 거고,
'다양한 사람을 만나라'고 하기 전에
'넌 어떤 사람을 만났냐?'고 물어볼 거고,
'다양한 책을 읽으라'고 하기 전에
'넌 어떤 책을 읽고 있냐?'고 물어볼 거고,
'다양한 사상을 공부하라'고 하기 전에
'넌 어떤 사상을 공부했냐?'고 물어볼 거고,
'진심을 다해 사람을 대하라'고 하기 전에
'넌 좀 짱인 듯, 근데 네가 더 알고 싶어.
너는 누구니?'라고 말할 거야.

무명씨 페이스북 _ 경제학과 13학번

네 현실, 네 사람

자신들을 소위 '현실주의자'라고

생각하는 사람들이

나름대로 '현실적인' 조언을 해줄 때는

그 사람들이 과연

진짜 현실의 전부인지 의심해볼 필요가 있다.

무명씨 페이스북 _ 사회학과 13학번

요새 나이가 들어도 '철들지 않아 보이는' 사람들이 많다. 이 말을 꺼내는 자체가 마치 '나는 철들었지, 암~' 하는 전제가 깔려 있는 것 같아서 웃기다. 그래도 스스로 생각하기에 적어도 한 부분에서는 철이 들었으니까!

그 한 부분에서도 거슬리는 사람들이 있다. 예를 들면 머리에 지식이 꽉꽉 차 있는 듯 유식한 이미지를 풍기면서 어린아이 같은 행동을 하는 사람, 표정으로 드러내지 않으려 하지만 상대방에게 느끼는 질투와 경계심, 부러움 같은 감정을 너무 잘 내보이는 사람이다. 행동의 의도가 뻔하다고 해야 하나. 그런 걸 캐치한 후에는 그 사람에게 영 호감이 가지 않는다. 그 사람이 마냥 싫다기보다 연민이 든다. '언제까지 그렇게 도도한 울타리 안에 숨어서 안 나올래?' 하는. 아무튼 '닮지 말아야지'라는 생각이 드는, 타산지석으로 삼을 만한 사람이다.

학생회비를 학교로부터 되찾아오자는··· 꿈

한 15년 전쯤, 우리 선배들이 지금은 상상도 할 수 없는 방법으로 학교에 저항을 했다. '등록금 내지 않기 투쟁' 을 벌였던 것이다. 이 운동이 신기하게 다가왔던 것은 단순히 '등록금을 내지 말자!'에 그쳤던 게 아니라 등록금을 '총학생회'로 내달라고 했기 때문이었다. 한마디로, 총학생회에서 학생들의 등록금을 대신 받아 이것을 기반으로 학교와 여러 문제를 협상하겠다는 것이었다.

이 운동은 결국 실패했지만, 그래도 10~20%가량의 학생들이 동참했다고 한다. 이 참여율도 놀라웠지만, 이런 발상을 했다는 것 자체가 더욱더 놀랍게 다가왔다.

그런데 과연 지금 총학생회는 어떠한가. 지금 총학생회는 학교의 돈줄을 잡아보려는 시도를 하기는커녕 도리어 자신들의 돈줄을 학교에 꽉 잡힌 모양새를 하고 있다.

무명씨 페이스북 _ 사회학과 13학번

총학생회의 가장 큰 돈줄은 바로 학생회비와 학생회 장학금이다. 학생회비는 학생들이 내지만 그것을 학교에서 1차적으로 수합한 후 학생회에 전달하며, 장학금은 애초부터 학교의 돈이다. 학교와 학생회는 평생 헤어질 수 없는 동지이자 적 같은 관계다. 언제든 적이 될 수 있는 사람에게 자신의 돈줄을 맡겨두는 바보는 없다.

학생회의 힘이 점점 약해져가고 있는 지금과 같은 시대에, 앞으로 학생회를 이끌어나갈 이들은 이 부분에 대한 해결책을 꼭 마련해야 한다.

두 바퀴로 가는 자동차

어차피 내 인생인데
미래에 대한 대책 없이 살아도 누가 뭐라 하리.
지금 힘들게 고생한다고
미래에 떵떵거리면서 산다는 보장도 없는데.
어찌 되건 확률 씨름인데
100%도 아닌 그저 좀 더 높은 퍼센트에 맞춰 사는 것도
내 취향 아니고,
난 그냥 나대로 막 살아야지.
일단 1년 끌리는 대로 살고,
내 꼴이 어떻게 되는지 본 후에 결정해도 늦지 않다.
난 젊으니까.
개미처럼 일하다 밟혀 죽는 것보단
베짱이처럼 놀다가 얼어 죽는 게
나한테 맞다.

무명씨 인터넷 게시판

어떤 댓글

1. 왠지 이 사회는 젊음을 무기로 가진 20대에게
'젊음'을 핑계로 자꾸만 무언가 강요한다는 생각이 듭니다.
젊으니까 뭐든 할 수 있는 게 아니라
젊으니까 뭔가 해야만 한다고 협박하는 것처럼 들립니다.
서글퍼요.

2. 달려가다 넘어지면
다시 일어설 수 있는 사회가 되어야 하는데,
이 사회에서는 달리다 한 번 넘어지면
절대로 한 번에 일어설 수가 없습니다.
어쩌면 평생 못 일어날 수도 있죠.

3. 그런데도 늙은이들은 계속해서 젊은이들에게
도전하라 하고 달려가라 해요.
자기들이 만들어놓은 괴상한 사회구조에 대해선
일언반구도 없이.

최주영 _ 13학번

4. 어느새 나도 나이가 들고 보니
한두 살이라도 어린 친구들한테
결혼 전에 뭐든 해보고 살라고 얘기하고 있지만.
이 사회가 원하는 게 그거죠.
젊고 열심히 살 노예.
젊은이들이 열심히 살지 않으면
어르신들이 편하게 살 수가 없거든요.
어릴 때 생각해보면 알바니 뭐니…;
참 어른들한테 많이 착취당하고 살았던 거 같아요.

5. 다 맞는 말이지만 나를 포함해서 대부분은
정말 쉬고 싶다고 느낄 만큼 노력도 안 해봤을 듯.

댓글로 힘 빼기 싫어

사람들은 자신이 유행에 휩쓸렸다는 것을
인정하기 싫어하고,
자신이 불합리한 소비를 했다는 것을
인정하기 싫어한다.
이런 사람들의 기싸움은
인터넷 게시글에서도 흔히 볼 수 있다.
'난 그거 별로던데?'
'아니야, 난 되게 좋았는데?'
'난 그거 옛날부터 알았는데?'
'저는 그거 만 원에 샀는데? 님은 좀 비싸게 사셨네요?'
'저는 그 화장품 잘 맞던데, 님은 안 맞나보네요.'
이렇게 보면 사람들은 참 사사로운 존재이다.

나도 사람이므로 변론하자면
무민 인형은 따… 딱히
유행에 휩쓸려 구매한 게 아니다(부들부들).
초등학교 때 쓰던 일기장에 그려져 있던
하마 같은 솜탱이의 이름이 무민인지
십 년이 지난 이제야 알게 됐다.

옐니 네이버블로그 _ 미디어학부 11학번

침대에 누워 무민이를 끌어안으면
완전 행복하다!
어쨌든 유행에 휩쓸리는 게 싫은 건 아니다.
그렇게 매도당하는 것도 상관은 없다.
허니버터칩이 먹고 싶다고
당당하게 말할 수 있는 사람이 되어야지.

역사를 사는 사람

슈퍼슈퍼 주제 넘은 생각이긴 한데 교수님들의 작품을 보면, 가끔은 너무 배운 것이 많아서 정작 보셔야 할 것을 못 보신다는 생각이 든다. 너무 이론적으로 생각하시고…, 의미를 부여하시고…, 상징을 표현하시고…, 그래서 현실을 해석하다 못해 왜곡해버린다는 느낌이 든다. 내가 그 경지에 이르지 못했기 때문에 볼 수도 있는 진리를 못 보는 걸 수도 있지만, 그냥 가끔은 그렇다고. ㅋㅋ 그래서 변명 같기도 한데 나는 공부를 너무 많이 하고 싶지는 않다. 무언가를 배우면 가끔은 시야가 더 좁아진다. 바깥세상을 못 보게 되는 수도 있다. 그래서 얕은 심리학 지식 배운 거 가지고 사람 판단하는 걸 경계하고 있다. 더 설명하자면, 사람한테서 사람 냄새가 아니라 책 냄새가 난다고 할까. 심하게는 '저 사람… 참… 아름답게 포장은 되어 있는데 직접 겪어본 건 없구나…, 저런…' 하는 생각까지도 들고. 아무튼 그래서 너무 책상 앞에만 앉아 있고 싶지는 않다. 지금은… 너무 무식해서 할 말이 없지만. ㅎㅎ 그래서 무언가를 창조하는 사람과 그것을 멋들어지게 해석하는 사람이 따로 있다고 생각한다.

어젠다 세팅.
보도할 것과
보도하지 말 것을 결정하는 것.
'모르는 것'과
'모른다는 것조차 모르는 것'을
가르는 권력.

무명씨 페이스북 _ 경제학과 13학번

어제는 6월 10일이었다. 민중의 힘으로 변화를 이루어냈던, 27년 전 그날을 기억하고자 했다. 4월 16일, 생명보다 이윤이 먼저인 세상의 문제가 너무나도 커다란 비극으로 드러났던, 그날을 잊지 않고자 했다. 그들의 죽음을 잊지 않고 이윤보다 생명이 먼저인 세상을 만들자는 말을 전하러 청와대로 향했다.

지하철에서부터 흉흉한 소식만 들려왔다. 원래 집회 장소는 원천 봉쇄되어 진입이 불가능했고, 삼청동으로 가는 길들도 모두 막혀 있었다. 3명만 모여 걸어가도 '어디 가시냐?'며 불심검문을 당했고, 마을버스에서도 집회에 가는 듯 보이는 사람은 불심검문을 당했다.

안국역에 내리니 2번 출구와 3번 출구에 경찰이 2열종대로 줄지어 있었다. 놀러만 와보았던 삼청동의 예쁜 거리마다 골목마다 경찰들이 깔려 있었다. 도착한 장소에서 한 시간 정도 대기하는데 정말 기분이 묘했다.

갑자기 어떤 소리가 들렸고, 엄청난 수의 경찰이 뛰어갔다. 뒤따라가보니 이미 경찰들에 둘러싸여 사람들의 모습이 보이지 않았다. 바라보던 시민들도 경찰 벽으로 막혔다. 슬펐다. 무력했다.

진입을 통제해서 지나가는 시민도 별로 없고, 형광색 옷을 입은 경찰들만 도로에 가득 찼다. 한 시민이 교통 통제에 화를 내며 뛰쳐나와 말했다.

"학생은 60명인데, 경찰은 5만 명이야. 부끄러운 줄 알아야지!"

경찰이 대꾸했다. "작전 중이니 협조 부탁드린다"고.

'작전'이라니, 무슨 작전이란 말인가. 청와대를 습격한 대학생 60여 명 소탕 작전? 대통령에게 위해를 가하겠다는 것도 아닌데, 피켓 하나 든 대학생들을, '이윤보다 생명'이 앞서는 사회를 만들자는 대학생 60명의 '말'을, 수백 배의 경찰들이 '방패'로 막아야만 하는 것이었을까.

무력했다. 화가 났다. 슬펐다. 하지만 안으로 들어갈 용기는 없었다. 5월 18일에 이미 생명보다 이윤이 앞서는 이 사회를 보며 "가만히 있지 않겠다"고 얘기하다 한 차례 연행이 되었었다. 두 번째 연행은 겁났다. 신상 문제도, 이미 여러 번 빠져버린 수업도, 곧 다가오는 시험도 걱정되었다. 연행 이후 예민해질 대로 예민해진 집안 분위기를 보니 두 번째 연행은 허용되지 않을 것만 같았다. 그래서 밖에서 보고만 있었다. 화가 나고 무력해서 눈물이 날 것 같았다. 할 수

있는 일은 끌려가는 그들을 보며 옆에서 구호를 외치는 것뿐
이었다. 늦게 와서 들어가지 못했다는 친구는 벌써부터 울고
있었다. 마음이 너무 아팠다.

천둥 번개가 치던 스산한 날, 쏟아지는 비를 맞으며 '이윤보
다 생명'이라는 말을 전하려 했던 사람들이 있었다. 60명의
말을, 수백 배의 방패로 막은 경찰들이 있었다. 앞서 나가 싸
우던 사람들이 있었고, 그들은 연행되었다. 나는 연행이 두
려워 같이 앞서나가지 못했다.

**많이 미안하다. 설명할 수 없는 기분이다.
하지만 내가 할 수 있는 건 어제, 구호를 외
치는 것뿐이었고, 오늘, 이렇게 어제의 일을
대자보로 써붙이는 것뿐이다.** 앞서나가 싸우던
사람들 중에는 고려대 학우들도 있었다. 두 명의 학우가 연
행되었다. 내가 할 수 있는 일은 대자보를 써붙이는 미약한
일 뿐이지만, 이곳을 지나가는 학우들이 이 글을 읽어준다
면, 그리고 2명의 학우, 30명의 사람들에게 일어난 일을 알
아준다면, 내가 한 미약한 일이 조금 더 가치 있는 일이 되지
않을까 싶다. 2명을, 60명을, 그리고 300명을 기억했으면 한
다. 잊지 않았으면 한다.

술에서 깬 새벽

세상엔 악한 일이 너무나 흔하고, 영악한 사람이 배불리 살고, 착하고 거기다가 순진하기까지 한 사람은 여기저기 치이다 이용당하고 내쳐진다. 세상 돌아가는 이야기를 들으면, 우리나라 혹은 요즘 사회는 옳고 그른 것에 대한 경계가 아주 희미하고 매일을 술에 취해 사는 사람들의 세상 같다. 힘없는 이들은 무한 경쟁 사회에서 살아남기에 급급해 밥벌이만 생각할 뿐, 중요한 것들에 대해 생각하며 살 여유가 없다. 힘 있는 이들은 자기들만의 세상 속에서 눈먼 돈으로 파티를 한다. 이런 것들에 대해서 '어쩔 수 없지, 뭐'라고 생각하는 개인들 혹은 아예 생각하지도 못하는 개인들이 모여 '폭탄주 잔 속 소용돌이 같은 사회'를 대대손손 이어나간다.

무명씨 네이버블로그 _ 미디어학부 10학번

20대가 시스템을 바꿔야 한다고?

이건 어디서

똥 싸는 놈 따로

치우는 놈 따로

있는 소리야.

자기 똥은 자기가 좀 치웁시다. 네?

신입생 환영회

어디선가 떵떵대는
그 시대의 민주 투사들을 잡아다가
○○대학교 14학번으로 앉혀놓고 싶다.

어디 한번 발버둥 쳐보시죠.
송구하지만,
당신들이 이룩해놓은 세계가 이런 세상입니다.

무명씨 _ 미디어학부 11학번

법

"법적으로 문제가 될 수 있습니다."
참 좋은 말입니다.
특히 반대의 목소리를 가로막고 정당화하는 데
참 유용하죠.

김시웅 페이스북

투쟁보단 아픔이 보였고
외침보단 눈물이 보였고
소송보단 참고 참아 썩어 문드러진 마음이 보였고

그래도 아직 대한민국이 살아 있음이 보였다.

내 눈엔 그렇게 보였다.

눈물이 있는 곳에
아픔이 있는 곳에
썩어 문드러진 그 속에
늘 내 발길이 머물길,
작게나마 그곳이 축복받길….

그 옆엔
그런 나를 봐줄 사람이 머물러주길….

오인혜 페이스북

꿈을 꿀 수 있는 이유

D-2.

혼자 있는 이 공간이 너무 좋다. 아주 조용하고 좋다.

1차 때 가장 두려워하던 아무것도 가진 것 없다는 불확실성
은 사라졌다. 지금은 형용할 순 없지만 뭔가 대단하거나 대
단해 보이는 것이 기다리고 있다. 적어도 내 인생에선 지금까
지와 다른 정말 커다란 뭔가가 다가오고 있다. 너무 거대해서
크기란 게 의미가 있을까 싶은, 그런⋯. 그랜드캐니언이 너무
커서 한 번에 다 보고 싶은데 못 본 병욱이형의 짜증이 이 느
낌이랑 비슷할 것 같다.

"준비 잘됐냐?"란 질문에는 답해야 할 이유를 모르겠다. 잘
됐다 함은 그저 자만의 표시일 뿐이고, 안 됐다 함은⋯, 그건
그냥 하는 소리겠지. 잘됐건 안 됐건 결과는 아무도 모른다.
지금까지 얼마나 잘 버텨왔건, 그건 전부 한 번의 기회를 위
한 연습이었을 뿐이니까. 얼마나 노련하게 필요한 걸 채가냐,
그것뿐이다. 참 간단하지⋯. 지난 1년 반은 참 간단하게 살아
온 것 같다.

불과 5년 전만 해도 내가 이런 길을 걷고 있을지 몰랐다. 하
지만 그때나 지금이나 내 인생의 방향은 같다. 난 항상 모든

경험을 독차지하고 싶었다. 이것도 해보고 싶고, 저것도 해보고 싶은, 말 그대로 하고재비였다. 딱히 어떤 인생을 가지지 않았을 때도 인생이 하나라는 사실이 너무 아쉬웠고, 그걸 여러 개 갖고 싶었다. 그래서 어른들 말씀을 내 경험으로 체화하려고 했다. 여전히 살아 있고, 더 나은 삶의 가능성을 지나친 사람들의 말을 잘 새기면 나는 죽지 않은 채, 그들이 놓쳤던 삶의 가능성을 가질 수 있을 것이라 믿었다. 그리고 그렇게 내 영혼의 성장 속도가 내 몸의 성장 속도를 초월했으면 했다. 그렇게 육십 노인의 영혼이 스무 살 젊은이의 육신을 인도하게 되길 바랐다. 멍청한 소리라는 걸 알지만 나는 아직도 그러고 싶다. 무슨 일을 겪어나가든 나는 영혼을 살찌우는 동시에 늙어가겠지만, 속도를 빨리 내고 싶다.

이 시험은 이런 내 바람에 큰 보탬이 되겠지. 그래서 나에게 정말 중요하다. 내가 하고 싶은 일이 아니라 해서 나에게 중요하지 않은 건 아니다. 이건 내가 만나고 싶지 않았던 고난이지만, 지금 나에겐 가장 중요하고 소중하다. 항상 지금 이 순간이 오늘이길 바랐고, 앞으로도 그 순간은 내가 바라는 그날이 되길 바란다. 마지막까지 잘해보자. No vanity but, full in yourself!

신념

사람들이 바른 소리를 못하는 것은
잃을 것이 있기 때문이다.
거짓된 신념들은 역겹다.

정경관 2층 남자화장실에서

적어도 우리 아이들에게
'불의와 타협하지 않아도
성공할 수 있다'는 증거를
하나씩 만들 수 있는 사람이 됩시다.

오늘부로 취업포기생이 되겠습니다

인서울 중하위권 신방과, 학점 3.7, 토익 915점,
오픽 IH, 신HSK 6급, 봉사 활동 약 150시간,
해외 봉사 경험 유, 어학연수 경험 유, 아르바이트 경험 다수….
25살 '평범한' 여자입니다.
저는 오늘부로 '취업포기생'이 되기로 결심했습니다.

매번 떨어질 때마다 고민했습니다.
'나의 문제는 뭘까? 내 자소서는 뭐가 부족하지?
학점이 모자란가? 여자라서 그런가?'
기업 앞에서 저는 한없이 부족한 사람일 뿐이었습니다.
책에서 본 자아존중감은
하루가 멀다 하고 사그라들었습니다.

당연히 이러한 과정에서 하나도 행복하지 않았습니다.
잘 웃다가도 자소서를 쓰기 시작하면 우울했습니다.
좋은 의도로 좋은 사람들과 함께한 봉사 활동이
기업에게 나를 어필하기 위한 도구가 되었습니다.
대학 때 홀로 길을 걸으며 사색했던 시간들이
취업문 앞에서는 '사회력이 떨어지는 비생산적인 사람'으로
낙인찍히게 했습니다.

무명씨 네이버카페 '스펙업'

분명히 나의 하루는 남들만큼 알차진 못해도
그 나름대로 의미 있고 소중했지만
취업 준비 과정에서는 그렇지 않았습니다.
그리고 점점 제 하루하루는
취직만을 목표로 돌아가는 삶이 되었습니다.

그래서 포기하기로 했습니다.
취업을요.
여러분, 어쩌면 저는 '도망자, 포기자'일지도 모릅니다.
이런 제가 그래도 여러분께 말씀드리고 싶은 것은⋯

여러분, 제발 자책하지 마세요.
여러분은 모두들 열심히 하고 있습니다.
결코 부족한 게 아닙니다.
여러분은 토익, 학점, 봉사 활동 시간으로 정의 내릴 수 없는
특별함을 가지고 있습니다.
저는 취업 준비로 인해 여러분이 스스로에게 상처 주는 것을
멈추었으면 합니다.
제발 멈추세요.
취업 준비를 하더라도 자신을 아끼고
늘 당당하게 하길 바랍니다.

강물 위에 띄운 시

소망을 가질 수 있다는 것은
우리에게 희망이 남아 있다는 뜻이겠지.

봄이 오고 있다.
내가 좋아하는 계절.

봄이 오고 있다.
어김없이 찾아오는.

이 따뜻한 계절에
난 내 소망을
저 강물 위에 한 아름 띄워보련다.

무명씨 _ 혼성합창단 'chorus' 낙서장

소망
=
희망

Epilogue

내 몸, 내 시간의 주인 되지 못하는 슬픔

10여 년 전, 남자와 여자가 얼마나 다른지, 얼마나 서로를 모르고 있는지 알려주며 소통의 방법을 안내하는 《화성에서 온 남자 금성에서 온 여자》라는 책이 화제가 된 적이 있다. 이를 계기로 사회 전반에 남녀의 차이를 이해하고 서로 공감을 나누어야 한다는 인식이 확산되었던 것으로 기억한다.

《청춘의 민낯》이라는 책을 기획한 것도 그러한 작은 바람 때문이었다. 남녀 차이보다 더 크게 벌어진 '세대 차이'를 메워주는 다리를 놓고 싶었다. 세대 차이라는 말로는 충분치 않은지 언제부터인가 '세대 단절'이라는 말도 나왔다. 성장과 발전을 온몸으로 밀고 온 산업화 세대와 처음으로 좌절을 겪은 IMF 세대, 그리고 무한 경쟁에 내몰리며 취업에 목을 맬 수밖에 없는 현재의 20대 사이에 접점은 없다는 것이다.

과연 그럴까? 아니, 그런가 아닌가의 문제가 아니다. 그래서는 안 된다. 화성에서 온 남자와 금성에서 온 여자가 서로를 이해하려고 노력했듯이 기성세대와 청춘세대도 노력이 필요하다. 20대를 지나온 기성세대가 먼저 마음을 열고 청춘세대를 들여다보자. 그들의 웃음과 슬픔, 패기와 좌절, 기대와 불안이 우리가 거쳐온 감정들과 과연 다르기만 할까?

2014년 2학기, '출판기획제작' 강의를 듣던 학생들 20명이 20대의 실체를 보여주고자 20대의 낙서 채집에 나섰다. 대학생들이 활발히 참여하는 온라인 커뮤니티와 SNS, 페이스북, 블로그의 글들을 모으기 시작했다. 놀이, 연애, 경제, 학업, 진로, 정치·사회, 잉여 생활 등으로 분야를 나누고 다양한 생각과 경험을 모았다. 그런데 어느 정도 모아진 글을 읽으며 깜짝 놀랐다.

그들의 글에는 연애, 교수, 친구, 축제에 관련된 글이 거의 없었다. 과제, 스펙, 당장 먹고사는 문제와 진로에 관해 마치 한 사람이 말하는 것처럼 반복하고 있었다. 학생들조차 당황

하는 듯했다. 마치 거울을 처음 마주한 사람처럼, 낯설고도 익숙한 이 얼굴을 어떻게 받아들여야 하는지, 생각이 많아 보였다.

이 시대 청춘은 이런 모습이었다. 새벽부터 밤늦도록 아르바이트를 하고, 학교 수업의 개인 과제나 팀 과제를 하고, 스펙을 쌓기 위해 학원을 다니고 있었다. 합판 하나를 사이에 둔 고시원에 살면서, 학자금 융자로 벌써부터 천만 원 이상의 빚을 지고 있었다. 그리고 자신을 위해 모든 걸 소진한 부모님이 너무나 걱정인 마음 여린 효자들이었다. 유치원 때부터 학원을 다녔다는 그들은 자신의 의지대로 살아본 적도, 제대로 놀아본 적도 없어 카페에서 수다를 떨고 스마트폰을 만지작거리는 것이 놀이의 전부였다. 그리고 언제나 많이 피곤해 보였다. 20대를 한꺼번에 모아놓고 보니, 그저 미안한 마음이 앞섰다.

책의 부제가 된 '내 몸, 내 시간의 주인 되지 못하는 슬픔' 이라는 말은 어떤 학생의 블로그에서 나왔다. 지금 20대의 모습을 참으로 적절히 드러낸 말이면서, 결국 우리 모두의 모습이 아닌가 싶다.

이 책이 지금 현재 청춘의 모습을 있는 그대로 드러내주는 거울이 될 수 있기를, 그리고 기성세대와 청춘세대를 이어주는 공감과 소통의 징검다리가 되기를 간절히 바란다.

　마지막으로, 한 학기를 함께해준 20명의 사도(예수의 명을 받아 세상으로 떠나간 12사도에 빗대어 우리끼리 그렇게 불렀다)들에게 진심으로 고마운 마음을 전한다. 처음 만났을 때 우리는 그렇게 특별하지 않은 선생이고 학생이었다. 하지만 같은 곳을 바라보며 함께 걷다보니 함께 특별해졌다.

　실체로 살기! 내 몸과 마음의 주인으로 살기! 잊지 않겠다. 책을 읽은 여러분에게도 그 마음, 전해졌기를….

2015년 봄

지도교수 _ 이소영

;청춘